박순철 콩트집

소갈 씨

이무기의 하소연

용이 되고 싶었습니다.

오르지 못할 높은 곳을 향해 몇 번이나 뛰어오르려 애 썼는지 모릅니다.

용이 되는 길은 멀고 높고 험하기만 했습니다.

의지가 약해서일 겁니다. 뛰어오름을 멈추고 이무기로 남기로 했습니다. 꿈을 접었다고는 하나 자주 용이 되어 승천하는 망상에 사로잡히곤 하였습니다.

능력 모자라는 것은 생각 못하고 세상을 원망했습니다. 그리고 몸부림 치며 피를 토했습니다. 삶의 흔적이 묻어나는 것들을 주로 사보(社報)에 보내곤 하였습니다. 한이 너무 짙어서일까요. 이무기가 토하는 하소연 을 실어주는 곳이 있었습니다. 세월이 흐르자 가끔이지만, 운 좋게 청 탁하는 곳도 있었습니다.

여기저기 흩어져 있던 이무기가 토한 부산물을 주워 모았습니다. 어느 것은 세상에 얼굴을 내민 지 강산이 두 번이나 바뀌기 전의 것들도 있습니다. 그래도 버리기에는 아까웠습니다. 현실에 맞지 않는 내용도 있지만, 그대로 엮기로 하였습니다.

문학의 길로 인도해주신 최창중 소설가님 고맙습니다.
사랑하는 아내와 가족들에게도 고맙다는 말 전하고 싶습니다.

　　　　　　　　　　2014년 건들바람 불어오는 어느날 새벽에

　　　　　　　　　　　　　　　　　저자 박운철

1부_ 백담사의 미소

2부 별들의 욕망

1부_ 백담사의 미소

대둔산도사

이
····

한무녕 씨는 계속 싱글벙글 이다. 모처럼 답답한 사무실을 빠져나오니 그렇게 좋을 수가 없다. 숨이 막힐 듯한 도시의 매연에서 벗어나자 앓던 이 빠진 만큼 시원했다.

"야호! 야호! 금수강산 좋을시고!"

모처럼 신선한 공기를 마시니 위장이 놀랐는지 야유회 때는 그렇게 시키려 애써도 하지 않던 노래까지 절로 흘러나온다.

"미스 문도 가슴을 활짝 열고 숨 좀 크게 쉬라고, 그리고 니코틴도 좀 걸러내고"

"어머 한 대리님! 남들이 들으면 오해하겠어요."

부잣집 맏며느리감처럼 두루뭉술한 문예슬 양이 등치에 어울리지 않게 실눈을 뜨고 한무녕 씨를 흘겨본다.

선반과 내에서는 오직 한 사람, 흡연자 오 과장을 두고 비아냥거려도 당사자는 빙긋이 웃기만 한다. 산에 오르면 모두가 어진 사람이 된다더니 그런가 보다.

오늘의 행선지가 이 대둔산으로 결정되기까지에는 적잖은 우여곡절이 있었다. 산을 좋아한다는 한 대리가 대둔산 단풍이 절정이라며 대둔산으로 가자고 했을 때 미스 문이 동의했다.

그러자 터줏대감이며 최고 연장자인 우기대 기사가 반대했다.
"이번에는 조용한 바닷가에 가서 오징어 회에 소주나 얼큰하게 마시고 해 질 녘에 어디 들어가서 뺑뺑이나 치다가 오면 좋을 걸 뭣 하러 그 힘든 산에 올라갑니까?"
우 기사는 그 가냘픈 몸매에 고추장 찍는 모션까지 해가며 반론을 제기했다.
사실 청풍주식회사 내에서는 선반과 만큼 단합이 잘되는 과도 드물었다. 해마다 10월에는 연례행사처럼 산행을 계속해 왔다. 작년에는 소백산, 그 전해에는 치악산을, 그래서 10월이 되면 올해에는 어디로 갈 것인가가 주 관심거리가 되기도 했다.
우 기사와 김 기사는 어느 한 사람 빠지면 일이 안 되는 사람들이니 자연 바늘과 실의 관계고, 한 대리와 미스 문은 동병상련의 관계라고나 할까.
어정쩡한 처지에 있던 오 과장이 하마 같은 입을 띄엄띄엄 들썩거린다.
"거. 오징어 회도 좋지만, 단풍구경이 더 좋지 않아요?"
가재는 게 편이라고 하더니 오 과장의 그 말이 우 기사의 심사를 몹시 뒤틀리게 하였다. 우 기사의 비꼬인 심사를 달래기 위해 한 대리의 쥐꼬리 박봉이 또 한 번 출혈을 감수해야 했다.

휴게소를 지나 펑퍼짐한 곳에 자리를 잡자 취사금지도 무시한 채 버너에 불을 붙이고 고기를 굽기 시작했다.

"이 아름다운 대둔산에 와서 어이 소주 한 잔 없을쏘냐. 위하여!"

오 과장의 선창에 모두 잔을 높이 들어 '위하여'를 외쳤다.

조금 전까지만 해도 얼굴이 퉁퉁 부어있던 우 기사가 알코올이 뱃속에 들어가자 만면에 미소가 흐른다.

"두 말이 필요 없군요. 이 좋은 대둔산에 데려와 준, 한 대리를 위하여!"

이래저래 몇 번의 '위하여'가 대둔산 골짜기에 울려 퍼졌다.

역시 술은 좋은 음식인가 보다. 이렇게 의기투합한 일행은 정상을 향해 오르기 시작했다. 연휴 첫날이라 그런지 사람의 행렬은 꼬리에 꼬리를 물고 정상까지 이어졌다.

"대둔산 하면 장군바위, 용문골, 칠성봉을 빼놓을 수 없다고. 봐, 봐, 저 바위들!"

"어머 한 대리님 이곳에 와 보셨군요. 그럼 딴 산으로 데려가지 않고서요."

"얼마나 변했나 와보고 싶었지. 내가 처음 왔을 때엔 저 구름다리도 놓이기 전이니까 어쩌면 강산이 한 번쯤 변했을 거야."

한무녕씨의 안내로 정상에 오른 일행은 맛있게 식사를 했다. 식사가 끝나자 우 기사가 비닐봉지를 들고 일어선다.

"먹었으면 버리질 말아야지. 먹고 남은 것 가지고 내려가면 이런 쓰레기가 왜 쌓인담? 그렇게 간단한 원리를 높으신 양반들은 왜 모를까? 그래."

 그 원리를 모르는 사람이 어디 있을까. 모두 우 기사 같은 사람만 산다면 자연보호라는 말이 생겨나지 않았을지도 모른다.

 만사에 이기주의자인 우 기사가 웬일로 '위정자' 운운해가며 설쳐대는 바람에 주위가 깨끗해졌다. 실제 주위담은 쓰레기는 그들이 가지고 온 쓰레기에 불과했지만….

 쓰레기 봉지를 주섬주섬 꾸겨 넣던 한 대리가 배낭에서 톱을 꺼낸다.

 "톱은 어디에?"

 "응, 내려갈 적에 지팡이를 짚으면 한결 편하다고. 미스 문도 하나 만들어줄까?"

 "저는 두 다리가 멀쩡한데요."

 "미스 문도 내 나이 돼 보라고."

 "체, 한 대리님이나 저나 모두 환갑 전이에요, 뭐."

 한 대리가 마흔셋, 미스 문이 스물셋, 20년 차이가 나지만 환갑 전임엔 틀림없는 사실이다.

 못 들은 채 한 대리는 참나무가 빽빽이 들어선 곳으로 들어가 위는 매끈하고 아래는 비꼬인 참나무 한 그루를 베어 가지고 나온다.

 "이봐요 한 대리! 나는 한 대리가 산을 좋아한다기에 자연을 꽤 사랑하는 줄 알았더니 오늘만 알고 내일은 모르는 사람이구먼."

 이제껏 벌인 쓰레기 되가져오기 운동이 무색해지자 우 기사가 눈에 쌍심지를 돋우며 한 대리를 힐책하고 나섰다.

"거 모르는 소리 마십시오. 이런 걸 '구우일모(九牛一毛)라고 하는 겁니다."

"아홉 마리 소 중에서 한 개의 털?"

"그렇지 않고서요. 이 큰 산에서, 그리고 이렇게 많은 나무 중에서 이까짓 참나무 하나쯤 베어낸다고 해서 당장 대둔산이 어떻게 되는 건 아니라고요."

그 말에 수긍하는 것인지 하도 어이가 없어 그러는 것인지 모두의 표정이 어벙벙 하기만 하다.

"미스 문, 어때 이만하면 대둔산 도사 같지 않은가?"

아랫부분이 비꼬인 괴상하게 생긴 참나무를 들어 올려 보인다.

"그래요. 머리만 풀면 영락없는 도사예요. 어서 모자 벗고 머리 푸세요."

"양반골 한씨 가문 체통이 있지, 머리까지야 풀 수 있나, 어험."

한 대리가 덜렁거리며 저만큼 앞장 서가고 있다.

장군바위를 지날 때의 일이다.

"아이쿠!"

앞서 가던 한 대리의 지팡이가 부러지면서 데구루루 구른다.

"대둔산 도사님 천천히 가세요. 축지법까지 쓰시면 따라갈 수가 없잖아요. 호호호."

"하하하."

엉거주춤 일어난 한무녕 씨가 부러진 지팡이를 살핀다.

"이런 고약한 사람들이 있나."

"왜 그러세요?"

"글쎄, 누가 리본을 참나무에 꽉 매어놓아서 크지도 못하고 병이 들었구먼."

부러진 지팡이에서 나온 리본은 3년 전 한무녕 씨가 이곳에 등산 왔다가 기념으로 매어놓았던 것인데 그 사실을 아는 사람은 아무도 없었다.

(1991. 1. 사보 '복지')

부전자전

o2
....

"요즈음도 저런 고물차를 타고 다니는 사람이 있다니 원…."

잘 빠진 금성 1호 탈란저 중형차 앞에서 느릿느릿 기어가고 있는 차는 30년 전에 나온 H 회사 제품인 '무궁화'였다. 자동차 박물관에나 들어가 있으면 제격일 것 같은 차가 고속도로에 나와서 거치적거리고 있으니 중형 세단을 타고 가는 그들 눈에 한심하게 비친 것은 사실이었다.

"운전 대기실에 있는 김 기사가 그러는데 회장님 집 지하 차고에도 저런 구형 고물차가 있는데 일주일에 두 번씩 시동을 걸고 점검을 한데요. 회장님은 가끔 손수 그 차를 운전하고 다닐 때도 있고 아주 애지중지한다나 봐요."

미스 리의 말에 조 실장과 김 과장은 '자린고비는 어쩔 수 없어' 하는 말이 목구멍까지 기어 올라왔지만 억지로 참는다.

"오늘 준공식에 회장님 아들이 참석한다죠?"

핸들을 잡고 있는 김 과장이 뒷좌석에 앉아있는 조 실장을 향해 묻는다.

"아마 그런가 봐 미국서 박사학위까지 받고 귀국했으니 중역
한 자리 맡아야 하지 않겠어?"

거침없이 내뱉는 조 실장의 그 말은 바로 조소 그것이었다.

두 사람의 대화를 듣는 둥 마는 둥 창밖만 내다보고 있는 미스
리의 심중은 오늘 보게 될 위대한 서른다섯 살의 노총각 한섬 씨
가 어떻게 생겼을까 하는 데 관심이 있었다.

미스 리가 알고 있는 회장님 아들 한섬 씨는 아주 잘생긴 멋쟁이
로 소문나있었다. 멋쟁이 하면 좀 이상하게 생각할지 모르겠
지만, 속이 텅 빈 실속 없는 멋쟁이가 아니라 속이 꽉 찬 멋쟁이,
움켜쥘 줄만 알았지 남에게 베풀 줄은 모르는 자린고비인 아버지
엄 회장과는 전혀 다른, 멋있게 쓰고 공사(公私)를 뚜렷이 구별
할 줄 아는 그런 사람 말이다.

하지만 한섬 씨는 '한국 실업'에서 십 년 넘게 근무한 미스 리에
게 한 번도 얼굴을 보여주지 않았다는 사실이다. 비단 미스 리뿐
만 아니라 회장님과 밀접한 관계에 있는 중역들조차도 장성한 한
섬 씨의 얼굴을 본 사람은 아무도 없다고 했다.

그 이유는 경제학을 공부하기 위해 미국에 가 있는 한섬 씨가
2~3년에 한 번 귀국해서 회사 근처에는 얼씬도 하지 않는단다.
선산이 있는 고향 충북 괴산에 내려가 소꿉친구들과 어울려 농사
일이나 거들어주고 또 시간이 나면 물 생선 잡아서 매운탕이나
끓여 먹고 놀다가 후딱 돌아가기 때문이라는 것이다.

한국 실업의 유일한 후계자 한섬 씨가 회사에 모습을 나타내지

않는 이유를 두고 구구한 억측들이 난무하고 있었다. 그 첫째 이유는 한섬 씨가 사업에는 관심이 없고 주색이나 밝히는 소위 오렌지족이라는 설과, 어디에 내놓아도 옹고집과 자린고비로서는 손색이 없는 그의 부친 엄 회장이 쉽게 자리를 물려주지 않을 것이란 소문도 지배적이었다.

베일에 가려졌던 한섬 씨가 오늘 고향 괴산에 새로 지은 공장 준공식에 참석한다는 정보를 입수한 것은 어제저녁 퇴근 무렵이었다. 비서실에 근무하는 미스 송의 입을 통해 전달된 그 정보는 삽시간에 톱뉴스가 되어 사내(社內)에 떠들썩하게 퍼져 나갔다.

오늘 준공식에 따라가지 않아도 될 기획실 미스 리도 한섬 씨가 어떻게 생겼나 하는 호기심이 발동했기 때문에 따라나선 것이었다.

미끈하게 빠진 조 실장의 세단이 여유 있게 고물차를 추월해 나가면서 흘깃 쳐다본 고물차 안에는 차격 인격인지는 몰라도 그 차에 그 주인이었다. 허름한 작업복을 걸친 사내가 그래도 여유 있는 모습으로 조 실장의 차를 향해 손을 흔들어준다. 미스 리도 뒤질세라 살짝 두어 번 손을 흔들어주니 차 안의 사내도 마치 백치처럼 씩 웃는다.

"유학 한답시고 돈이나 물 쓰듯 쓰고 주색이나 잡던 사람이 경영에 참여할 기색이니, 그저 세상은 부모를 잘 만나야 돼."

"실장님네 가문이 어때서 그렇게 자조 섞인 말씀을 하세요?"

보다 못한 미스 리가 드디어 말참견하고 나섰다.

"우리 가문? 글쎄 가문이야 뭐 뒤질 게 없지만, 아무래도 대재

벌하고야 견줄 수야 없지…. 어이 김 과장 어디 휴게소에 들어가서 차 한 잔 마시고 가자고"

미스 리의 정곡을 찌르는 말에 꼬리를 감추고 엉뚱하게 말머리를 돌린다.

"네, 드디어 아기다리 고기다리 던분부!"

"이 사람 아기다리 고기다리가 무슨 말이야?"

"호 호 호 실장님도 참, 그렇게 센스가 없으세요. 아 기다리고 기다리던 분부, 즉 차가 마시고 싶었다는 뜻이에요"

"예끼 이 사람, 사람 혼란하게 만들지 말고 어서 휴게소나 들어가"

"네~."

긴 대답과 함께 옥산 휴게소에 진입해서 차를 세워놓고 휴게실 문을 밀고 들어가니 휴일이라 그런지 앉을 틈도 없었다. 겨우 헤집고 들어가 호두과자 한 상자와 커피 석 잔을 뽑아들고 나온 세 사람은 허기를 채우기 시작한다.

중역들의 말을 빌리면 회장님은 이번 유학을 마치고 귀국하는 한섭 씨를 최하 말단에서부터 경영을 가르칠 것이란 소문도 돌았다. 어쨌거나 한국그룹의 후계자가 틀림없는 만큼 회사 중역 이하 간부들의 신경이 곤두서기 시작한 것은 두말할 것도 없다.

목을 축인 세 사람이 출발하기 위해 주차해놓은 곳까지 와보니 언제 와 있었는지 고물차를 가지고 앞에서 거치적거리던 사내가 그들을 기다리고 있었다. 차림은 허술해도 눈망울만은 빛을 발하고 있었다.

"좋은 차 타고 다니십니다. 어디까지 가시는지요?"

사실 김 과장이 운전하고 내려오는 차는 회사 귀빈 접대용이다.

"좋긴요. 요새 어디 중형 아니면 타겠습디까. 우리는 청주까지 가오만 형씨는 어디까지 갑니까?"

김 과장이 어깨에 잔뜩 힘을 주고 사내를 얕잡아보고 하는 짓이 미스 리에게는 마치 코미디를 보는 것처럼 우습기까지 했다.

"아 그러세요. 대단히 죄송하지만, 청주까지 태워주시면 안 될까요? 한동안 타지 않던 차를 끌고 나왔더니 기어이 고장이 났지 뭡니까. 청주까지 빨리 가야 할 텐데 어떻게 사정 좀 봐 주십시오?"

김 과장이 조 실장의 눈치를 살핀다. 그러나 조 실장의 왼쪽 눈 가장자리가 실룩거리기 시작한다. 조 실장이 싫어한다는 것을 직감한 김 과장이 그럴듯한 구실을 찾기 위해 전전긍긍한다.

"김 과장 어서 가자고."

"이 차는 사장님 전용차라서 다른 사람은 곤란합니다."

조 실장의 재촉에 김 과장은 조금 전 어깨에 힘을 주던 모습과는 달리 다 기어들어 가는 목소리다. 실권이 조 실장에게 있음을 안 사내가 조 실장을 향해 머리를 숙이고 애걸이다.

"사장님 죄송하지만, 편리 좀 봐주시면 고맙겠습니다."

조 실장은 사내의 말을 들은 채 만 채 뒷좌석에 올라앉는다.

"이봐 김 과장!"

눈치를 살피던 김 과장이 운전석에 올라앉으며 미스 리를 보고어서 타라고 한다. 미스 리는 문을 열고 실장에게 사내가 듣지 못하도록 가만히 사내를 태워주자고 하나 조 실장은 사내가 엉큼하게 생겼고 몸에서 냄새가 난다며 그냥 가자며 무시해버린다.

미스 리가 사정하는 사내의 눈망울을 피해 김 과장 뒤편에 올라앉자 차는 미끄러지듯 출발한다. 사내가 뭐라고 소리치며 따라왔지만 조 실장은 소파에 등을 기댄 채 눈을 감고 있었다.

준공식에 도착해서 조금 기다리니 회장님 이하 간부급들이 속속 도착했다. 그런데 아무리 둘러봐도 미스 리가 달려온 목적과는 상관없이 회장님 아들 한섬 씨는 보이질 않는다. 회장은 초조하게 시계를 들여다보며 아들을 기다리는 눈치다.

준공식을 막 시작하려 할 무렵 비상등을 켜고 사이렌을 울리며 112 순찰차가 식장에 들어왔다. 모두 무슨 일인가 하여 고개를 갸웃거리는데 운전석에 앉은 경찰복 차림의 사내가 내림과 동시에 뒷좌석에서 내린 사람은 옥산 휴게소에서 태워달라고 사정하던 바로 그 사내였다. 그 사내를 발견한 회장은 만면에 흡족한 미소를 띠며 중얼거린다.

"오다가 차가 고장 난 모양이군! 워낙 낡은 차라서 예까지 오지 못한다니까 고집을 피우더니. 원 누굴 닮아서 그리 고집이 센지…."

그 말을 옆에서 듣고 있는 조 실장의 얼굴엔 핏기가 하얗게 변해가고 있었다.

(1993. 11월 사보 '신호등')

저체온증

○3
....

탤런트라고 해도 믿을 만큼 아름다운 용모를 지닌 유 팀장!

두뇌까지 명석해 30:1인 입사시험에서 남자들을 제치고 수석을 했다. 몸 어딘가에 암기 박사가 들어있는 게 분명하다고 수군거릴 정도로 그의 기억력은 대단하다. 우리 영업부에서는 서류 찾기가 귀찮으면 유 팀장에게 물어보면 장부를 보지 않고도 척척이다. 금년도 우리 회사 예산총액, 지난달 외국으로 선적한 물품 대금 등을 훤히 꿰고 있는 그다. 그렇기에 입사 동기들인 남자들도 아직 올라가지 못한 팀장의 자리에 앉아 있는 게 아닌가.

그런 그녀에게도 단점이 하나 있으니 그것은 '노처녀' 라는 사실, 올해를 넘기면 처녀 나이 환갑에 가까운 서른다섯 살이다. 외국 담당 부서에 근무하고 있는 김 과장이 유 팀장에게 구혼의 화살을 쏘았다가 보기 좋게 딱지를 맞았다는 사실은 공공연한 비밀이 아니었고, 그 밖에 몇몇 사우(社友)들도 사랑을 고백했다가 거절당하고 나가떨어졌다는 풍문도 떠돌았다.

내가 영업부로 전입해 오던 날, 유 팀장은 나에게 손수 커피를 타 주었다.

" 허 대리 호박이 넝쿨째로 굴러 들어왔어 "

" 그러게 말이야 그 도도하던 유 팀장도 이젠 마음을 돌이킨 모양이야. 잘 해보라고. 그런 수재와 결혼하면 노벨상을 탈 만한 후손도 얻을 수 있을 거야"

"아주 잘 어울리는 동갑내기 노총각 노처녀야"

처음에는 당황했으나 유 팀장에게 이끌려가는 나 자신을 어쩌지 못했다.

다른 직원들에게는 냉정한 유 팀장이 나에게는 따뜻하게 대해 주었지만, 입사동기생에게 결재를 받는다는 일이 그리 유쾌한 일은 아니었다.

그와 나를 두고 나돌고 있는 소문을 유 팀장도 모를 리 없겠지만, 나를 대하는 태도에는 변함이 없었다. 그렇다고 소문처럼 유 팀장과 내가 장래를 약속하거나 은밀한 관계는 아니었지만, 그렇게 되기를 은근히 희망하는 나였고 노총각을 면해보고 싶은 것이 솔직한 마음이기도 했다.

그날은 비도 오고 기분도 울적해서 결재서류에 저녁에 만나자는 내용을 쓴 쪽지를 끼워서 올렸더니 그 내용을 보고는 빙그레 웃으며 'OK'하고 쪽지에 사인해준다. 그날 저녁 우리는 레스토랑에서 저녁 먹고 볼링을 한 게임 치고 밖으로 나오자 10월의 밤 공기가 싸늘하게 느껴졌다.

"허 대리! 미안해. 입사 동기이면서 내가 상관이어서 몹시 불편하지. 우리 오늘처럼 아무도 없는 이런 곳에서는 친구같이 지내자. '야' '자' 하면서……."

유 팀장이 나의 손을 가만히 잡는다. 지금까지 사무실에서의 차고 쌀쌀맞던 상사(上司) 유 팀장이 아닌, 다정한 연인 같았다.

지금까지 결혼하지 않고 있는 것을 보면 필시 무슨 사연이 있을 법도 하지만 유 팀장은 일체 그런 말을 흘리지 않는 용의주도한 여자였다. 나를 버리고 미국으로 날아간 첫사랑 숙이와의 애절했던 이야길 들으면서도 전혀 표정의 변화를 일으키지 않던 인정이 없는 듯한 여자! 누구를 사랑했던 경험이 있느냐고 물어도 빙그레 미소 짓는 것으로 대신하는 조금은 목석같은 여자!

'유 팀장을 어떻게든지 내 사람으로 만들어야 해'

'사랑한다는 말을 언제쯤 할까, 그 시기는 언제가 좋을까?'

한번은 같이 술을 먹고 '지숙 씨 사랑해' 하고 말한 적이 있었는데 대답은 뜻밖에 간단했다. '요즈음 사랑한다는 말 너무 흔하잖아. 아무에게나 하더라고, 그런 부류의 사랑이지?' 하며 피식피식 웃는 데는 더 할 말이 없었다.

진정 사랑한다는 것을 보여줘야 한다는 생각이 절실했다. 그 방법도 평범하게 저녁이나 먹고 술기운을 빌려서 하는 게 아니라 감동하고 허락하지 않으면 안 될 만큼 기발한 방법을 떠올리려 몇 날 며칠을 고심했으나 별 신통한 방법이 떠오르지 않았다.

11월의 어느 날 일본계 회사와 계약하기로 되어있었는데 바이어가 갑자기 좀 더 알아보고 계약에 임하겠다고 하는 바람에 실무자인 유 팀장의 기분이 착 가라앉아있었다.

"오늘 기분도 그렇고 한데 어디 가서 간단하게?"

하고 문자메시지를 날렸더니 이내 답이 왔다.

"좋아, 하지만 오늘은 내가 쏜다."

우리는 술을 곁들인 저녁을 먹고 노래방에 가서 질펀하게 노래를 부르고, 답답한 가슴을 풀기위해 한강 변으로 나갔다 밤공기가 차가웠다. 밤하늘에 흐르는 은하수가 오색영롱한 빛을 발하고, 아파트 창문에서 흘러나오는 불빛이 한강에 어리는 모습이 그렇게 아름다운 줄 처음 알았다.

"허 대리! 오늘 내 기분 풀어줘서 고마워."

"고맙긴, 하지만 생각해본다고 했으니까 아직 희망이 있지 않을까?"

"모르긴 해도 어려울 거야. 우리하고 계약 안 한 거 후회할 거야. 그때 다시 찾아오면 가격을 왕창 올려버려야지 호 호 호"

유 팀장이 상당히 취했는지 자꾸만 내 몸에 기대왔다. 나는 유 팀장의 손을 잡았다.

"왜 이리 춥지?"

유 팀장이 한기를 느끼는 듯 오들오들 떠는 게 느껴졌다. 나는 입고 있던 양복 상의를 벗어서 유 팀장 어깨 위에 걸쳐주었다. 그리고는 그의 어깨를 한 손으로 감싸 안았다. 그렇게 얼마를 걸었다.

그렇게 해주기를 바라고 있기라도 한 듯 유 팀장은 의외로 가만히 있었다. 나를 받아들이겠다는 각오가 서 있지 않으면 저항의 몸짓이 아니라 뺨을 때리고도 남았을 유 팀장이다. 그렇다면 지금이야말로 사랑을 고백할 절호의 기회라는 생각이 들었다. 더는 틈을 들일 필요가 없었다. 양손으로 유 팀장을 당겨서 정면으로 끌어안았다.

"지숙 씨!"

"가만, 아무 말도 말고 좀 더 따뜻하게 안아줘"

유 팀장이 말을 자르더니 내 가슴으로 더 안겨왔다.

분위기를 잡아야 했다. 유 팀장도 이젠 내 뜻을 알고 가슴에 안겨 온 것이 분명했다. 가슴이 심하게 요동치기 시작했고 세상을 모두 얻은 듯한 포만감이 밀려왔다.

그렇게 몇 분이 흘렀을까. 유 팀장이 내 팔을 물리고 겸연쩍은 듯 얼굴을 들더니 나를 빤히 쳐다본다.

"아! 이제 추위가 조금 풀렸다. 허 대리 어서 가자?"

기왕지사 뽑은 칼, 어찌 다시 꽂으랴!

"지숙 씨 나와 결혼해줘. 평생 여왕처럼 떠받들게."

"뭐! 결혼? 내가 허 대리 가슴에 안긴 것은 추위를 녹이려 한 것뿐이야. 몰랐나 본데 나는 저체온증이 심하거든. 나처럼 독신주의를 꿈꾸고 있는 줄 알고 친구 하자고 했더니 그 말을 오해하고 있었군그래. 남자들은 똑같은 속물이야. 쳇"

말을 마친 유 팀장은 작살 맞은 뱀장어처럼 도로를 향해 내달렸다. 지금껏 알딸딸하던 술기운이 일시에 내 몸을 빠져나가고 있었다.

(2007, 12. 사보 '산림')

백담사의 미소

무심천 벚꽃이 만발했다는 소식은 이미 며칠 전부터 양대 방송사가 떠들썩하게 보도하고 있는 내용이다. 청주 근방에 사는 사람이 그 사실을 모른다면 뭐가 잘못된 정도가 아니라 멋이라곤 하나도 찾아볼 수 없는 사람이 분명할 게다.

무심천 도로를 달리는 고순미 선생이 탄 통근 버스에 비친 벚꽃은 그야말로 찬사, 찬사 또 찬사였다. 아무리 추켜세워도 부족하리만큼 아름다웠다. 단, 그 지긋지긋한 일본인들이 우리네 얼을 빼앗기 위해 자기네 나라꽃을 가져다 심었다는 사실이 옥에 티라고나 할까.

신호 대기에 서 있는 통근차 유리창에 흰 눈이 팔랑팔랑 날린다고 생각했더니 어느새 눈송이는 꽃 이파리로 변해 떨어지고 있었다.

고 선생은 아침부터 기분이 상쾌했다.

오늘은 즐거운 주말, 벚꽃 나무 아래서…….

"고 선생 오늘 좋은 일 있나 봐. 계속 싱글벙글하는 걸 보니?"

여자의 예감은 무섭다고 하더니 저 살쾡이 같은 올드미스가 고 선생의 속마음을 어떻게 읽었을까?

"좋은 일은요. 벚꽃이 너무 화사해서요."

마흔이 가까워져 오도록 안 간 건지 못 간 건지 모르는 유 선생의 심술 비슷 비꼬는 소리에도 아랑곳없다.

교무실에 들어서자 썰렁한 한기가 느껴진다. 봄이라고는 하나 아침으론 아직도 춥게 느껴진다. 패션 감각에 뒤질세라 화사한 봄옷으로 갈아입은 성급함도 있겠지만, 연료비 절약한다고 일찌감치 난로 철거를 지시한 자린고비 서무과장의 공로 또한 지대하다 할 것이다.

잔뜩 웅크리고 자기 책상으로 걸어가려는데 언제 와 있었는지 '백담사' 어른의 그 시원한 뒷모습이 시야 가득 들어왔다.

"교감 선생님 일찍 나오셨네요."

"네 고 선생도……."

"……."

고 선생이 좀 색다른 옷을 입었다 싶으면 "그 옷값이 얼마냐?" "그렇게 자주 옷을 사들이고도 저축을 할 수 있느냐?" 그런데 오늘도 예외는 아니었다. 등 뒤에 꽂히는 따가운 시선을 의식하며 책상으로 가 커피포트에 스위치를 꽂았다. 이렇게 날씨가 썰렁한 날이면 따끈한 커피가 더욱 그리워지는 법이니까.

"고 선생 그 옷 참 잘 어울립니다. 오늘 선보러 갑니까?"

"어머! 교감 선생님 선은 무슨……."

"하도 옷이 좋아 보여서 해본 소립니다."

고 선생은 손을 싹싹 비비며 억지로 안 추운척하려니 쉽지 않았다.

백담사 어른은 요즘 괜히 고 선생이 하는 일마다 제동을 걸고 나섰다. 공문서 기안에서부터 학급 지도안에 이르기까지 뭐 하나 순하게 넘어가는 것이 없었다. 다른 선생들이 올리는 결재 서류는 대충 훑어보면서 고 선생이 올리는 서류만큼은 어떻게 하면 잘못된 부분을 찾아내 야단칠 수 있을까 하고 들여다보는 사람처럼 흠 찾기에 여념이 없다.

만약 토씨 하나라도 틀리면 정정이 아니라 처음부터 다시 작성해야 결재를 해주는, 그 반질반질한 이마를 바늘로 찔러도 피 한 방울 흘리지 않을 것 같은 냉혈인이었다. 적어도 고 선생이 보기에는 그랬다.

"교감 선생님 날씨도 썰렁한데 커피 한 잔 드세요."

아침부터 뭐 혼내 줄 건이 없을까 고심하는 것 같던 백담사 어른, 고 선생이 생글생글 웃으며 가져온 커피잔을 보는 순간 고 선생의 밝은 미소만큼이나 따라 웃는가 싶었는데 어느새 그 백담사의 우중충한 본래의 보습으로 되돌아 가버리는 게 아닌가.

"고 선생 커피 좋아하나 봐요?"

"네! 커피를 마시면 입안도 개운하고……."

"이봐요 고 선생 도대체 어느 나라 사람입니까? 우리가 언제부터 커피 없이는 못 사는 세상이 되었느냐고, 고 선생도 그 식성 좀 고치세요. 그리고 정히 나에게 차를 끓여주고 싶으면 여기 이

녹차로 타 주세요.”

옆자리에 앉아 있던 음악 선생이 킥킥거리며 손으로 입을 막고 휴게실 문을 밀치고 빠져나간다. 그 뒷모습을 바라보는 고 선생의 마음은 참담하다 못해 울고 싶은 심정이다. 아무리 생각해 봐도 백담사 어른에게 잘못한 일이 없었다. 다른 선생들이 타다주는 커피는 아무 말 없이 잘만 마시면서 어째서 나한테만은 저러실까?

가만히 있었으면 좋았을걸. 괜히 노인네 춥다고 커피 타다 드렸다가 된통 야단만 맞고, 국적까지 의심받고, 고 선생은 녹차 봉지를 창밖으로 휙 집어 던지고 싶었으나 어른에 대한 예의가 아니라는 생각에서 꾹꾹 눌러 참는다.

“음 수고했어요. 고 선생도 앞으론 커피 대신 녹차를 마셔요. 녹차가 미용에도 좋고 여러 가지로 건강에 좋답니다.”

무슨 바람이 불었는지 백담사 어른은 서랍에서 녹차 50개들이 한 통을 꺼내 고 선생에게 건네준다.

쳇 이까짓 녹차 한 통으로 내 마음이 풀어질 줄 알고….

말 한마디 못하고 교감 선생 앞을 물러 나오는 고 선생의 뒷모습을 바라보는 백담사 어른의 입가엔 야릇한 미소가 번지고 있었다. 마치 승자의 미소라고나 할까. 고양이가 쥐를 놀릴 때 희희낙락하는 모습처럼도 보였다.

오후의 데이트 일정으로 들떠 있던 기분이 백담사 어른 앞에서 무참히 짓밟혔으니 혹 그 여파가 귀여운 학생들에게 돌아가지는 않을까.

고 선생은 점심도 먹는 둥 마는 둥 대충 마치고 무심천 변에 자리 잡은 커피숍 '무심'으로 달려나갔다. 약속 시간까지는 한 10분 정도 남아 있었다.

찬길 씨 부모님은 어떤 분일까? 혹 우리들의 만남을 반대하시지나 않을까?

찬길 씨와 고 선생은 대학 동아리 활동을 하다 우연히 알게 돼 장래까지 약속한 사이였다.

찬길 씨 말에 의하면 결혼 후에도 쉬는 날은 시골에 내려가 부모님을 도와 농사일을 거들어야 하며 부모님도 모셔야 한다고 했다. 찬길 씨 고향에 직접 내려가 인사를 올리자는 고 선생의 요구는 '새집을 지은 다음으로….' 번번이 늦춰지다가 직접 며느릿감을 만나러 오셨으니 고 선생의 편치 못한 마음을 노인들이 얼마나 알아줄지.

왜 이렇게 늦을까? 미리 만나서 이야기 좀 나눈 다음 부모님을 만나면 안 되나 뭐, 그리고 시골 노인들을 이런 곳에서 만나면 어떡해. 차라리 삼겹살 잘하는 식당 같은 곳에 모셔 소주라도 대접해 올리는 것이 낫지.

"많이 기다렸지?"

"찬길 씨! 근데 부모님은?"

"좀 있으면 오실 거야. 오늘은 백담사 어른한테 녹차까지 얻었다며?"

"찬길 씨가 그걸 어떻게?."

한복을 우아하게 차려입은 후덕하게 생긴 부인을 경호하듯 데리고 들어오는 백담사 어른의 시원한 대머리가 나타나면서 그들의 대화는 끊어졌다.

"아버지 여깁니다."

"아니! 그럼?"

어리둥절 엉거주춤 서 있는 고 선생의 귀에도 다음 말은 또렷하게 들려 왔다.

"찬길아 벌써 결정했다. 우리 며느릿감 만점이다. 하. 하. 하."

(1992. 12 사보 '아식스')

나는 죽지 않는다

....

"여보! 이번에는 정말 아버님께서 재산을 나누어 주실까요?"

"누구에게도 당신의 속내를 내보인 적이 없으니 짐작이나 하겠어."

"그래도 중대 발표를 하신다고 고모들까지 오라고 하셨잖아요?"

"글쎄."

"과수원 판돈이 몇 십억이 넘는다고 했지요. 우리가 큰집이니 그 중 대충 따져도 10억은 우리 몫으로 돌아올 것 같네요"

"이 사람이 김칫국부터 마시긴,"

"이제 우리도 돈 들어갈 데가 많다고요. 학섬이 결혼시켜야죠. 학자 미국 유학 보내야죠. 이럴 때 좀 도와주면 얼마나 좋아요"

"엉뚱한 생각 말고 잠이나 자요"

"어떻게 아버님은 퇴직금으로 그 벌거숭이산을 살 생각을 하셨을까. 그때는 야속했었는데 지금 생각하니 역시 현명한 판단을 하신 것 같네요.”

“이젠 병 주고 약 주고 다 하는군”

닷새나 되는 추석 연휴 첫날이어서 그런지 고속도로도 크게 밀리지 않는다. 속 타 하는 아내와는 달리 느긋하게 운전만 하는 것 같지만 역시 궁금하기는 동철이도 마찬가지다.

집 앞 논배미의 벼들이 누렇게 익어 고개를 숙이고 있는 모습을 바라보는 김 산감(山監: 산 감독의 준말)은 절로 배가 불러온다. 가을이 완연하다. 아침저녁으로 제법 선선한 기운이 느껴진다. 올해는 철이 일러 햇곡식을 차례상에 올리지 못해 조상에게 죄송한 마음이 들지만 어쩔 수 없는 일이 아니겠는가.

울창한 산림이 빼곡하게 들어찬 깃대산을 바라보고 서 있는 김 산감! 오만가지 상념이 한꺼번에 밀려든다. 자신이 처음 산림공무원을 시작할 때는 어느 산이고 벌거숭이 산이었고, 자신은 산림을 가꾸기 위해 태어난 사람처럼 열심히 노력했다. 도벌꾼들을 붙잡아 오라고 해서 잡으러 갔다가 그들에게 두들겨 맞기도 하고, 눈 쌓인 산속에서 길을 잃고 생과 사의 갈림길에서 헤매던 시절도 있었다.

한번은 도벌꾼을 붙잡기는 했는데 그의 아내가 해산 후에 먹을 것이 없어서 퉁퉁 부은 몸으로 그이 앞을 가로막았다. “우리 신랑이 쌀 됫박이라도 살 요량으로 어쩔 수 없이 나무를 베었다”며 바짓가랑이를 붙들고 눈물로 사정하는 데는 아무리 강심장을 가진 김 산감도 마음이 약해지고 말았다. 주머니에 있던 몇 푼의 돈까지 그에게 주고 놓아준 것이 오히려 뇌물을 받고 풀어주었다는 소문이 돌아 공직 생활 20년을 채우지 못하고 명예퇴직할 수밖에 없었다.

이제 백발이 성성한 노인임에도 마을에서 그를 부르는 호칭은 산림공무원 말단시절의 호칭 그대로 김 산감이다. 그 역시 마을 사람이 그렇게 불러주는 것이 친근감이 있어 더 좋다.

퇴직금으로 사들인 깃대산을 개간해서 과수 묘목을 심고 조림을 하느라 자신과 아내의 손발은 성할 날이 없었다. 무연고 묘를 공동묘지로 이장시키기 위해 법원을 수도 없이 들락거리고, 묘지 연고자를 찾아 이장하라고 요구하는 그를 마을 사람들은 '피도 눈물도 없는 사람'이라며 시쳇말로 왕따를 시켰지만, 그런 것에 주눅 들 김 산감이 아니었다.

어느새 그렇게 빨리 세월이 흘러갔을까. 아들딸 여우사리 시키고 나니 늙고 병든 몸만 남아있었다. 제 짝을 찾은 자식들은 저희 살기 바빠서 그런지 두 늙은이에게는 별 관심도 없는 듯했다. 서운하고 괘씸하고, 심지어는 배신당한 느낌까지 들었다.

'쥐구멍에도 볕 들 날 있다'더니 마을 복판으로 고속도로가 나고 행정수도가 옮겨온다는 소문이 나돌자 땅값이 하늘 무서운 줄 모르고 치솟았다. 김 산감네 깃대산 초입에 '가든을 짓겠다, 상가를 짓겠다'며 찾아와 팔라는 사람들이 귀찮아 피해 다닐 지경이었다.

자신과 아내의 피와 땀의 결정체! 분신과도 같은 과수원을 돈과 바꾼다는 것은 상상도 할 수 없는 일이었다. 한편 생각해보면 이제 자신은 늙었고 관리할 사람도 마땅찮았다. 또 주변에 상가가 들어서면 공해배출이 심해 과수로서의 생명은 끝난 것이나 다름없다고 판단되었다. 나무가 너무 늙어 조만간 신품종으로 바꿀 생각을 하던 중이어서 팔기로 결심을 굳힌 것이었다.

행정수도가 옮겨온다는 소문이 아니었으면 한 평에 쌀 두 말 값에도 사려고 하지 않던 과수원 오천여 평이 평당 쌀 다섯 가마 값에 팔리는 기절초풍할 일이 벌어졌다.

황금만능시대라고 하던가. 김 산감은 어느 날 갑자기 유지 중의 유지로 변해있었다. 자신은 달라진 게 하나도 없는데 자신을 보는 세상 사람들은 달라져 있었다.

김 산감은 과수원 처분한 돈으로 그동안 불편하게 지내오던 집을 헐어 다시 짓고 나머지 돈은 모두 농협에 예금했다. 전에는 꾀죄죄한 몰골의 김 산감을 거들떠보지도 않던 직원들이 이제는 농협에 들어서기가 무섭게 모두 기립이다. 조합장이 없으면 전무가 뛰어 나와 이 무더위에 어떻게 오셨느냐. 전화하시면 저희가 가서 처리 해 드릴 텐데 오시게 해서 죄송하다 어쩐다하면서 시원한 음료수를 내오는가 하면 겨울에는 따끈한 홍차를 내오고 호들갑을 떠는 게 과히 기분 나쁘지 않았다.

한가윗날이 되자 딸자식도 차례를 지내고 바삐 달려왔다.

며느리들이 갖은 정성을 다해 차린 술상 중앙에 김 산감 부부가, 오른쪽엔 아들과 며느리들을, 왼쪽에는 딸과 사위를 앉게 했다.

"너희는 재산을 상속해주기 위해서 불러 모은 줄 알겠지만, 어차피 재산은 너희 몫이니 그리 급할 게 없다.

내가 퇴직금으로 깃대산을 살 적에는 모두 제정신이 아니라고 했다. 하지만 깃대산은 너희 삼 남매를 가르치고 분가시키는 일을 묵묵히 해냈다.

나는 그 산에 나무를 심고 가꾸는 일에 평생을 바쳤듯이 앞으로도 영원히 깃대산과 함께 살고 싶다. 그 산에는 우리 가족들의 이름이 하나씩 붙어있는 나무가 있을 것이다.

우리 두 늙은이가 죽거든 화장하여 각자의 나무 밑에 묻어다오. 내 아들딸들, 손자들도 그렇게 하기를 바란다. 그러면 우리 가족은 다음 생에서도 함께 모여 사는 화목한 가정이 될 것이다.

요즘 매장문화가 많이 바뀌어 너도나도 납골당을 만들고 있긴 하지만 그것은 먼 훗날 우리의 산하를 보기 흉측하게 할 뿐만 아니라…."

잔뜩 기대를 걸고 달려온 삼 남매의 얼굴엔 실망의 빛이 완연했다.

(2005. 8. 중부매일)

이럴 수가

○6
····

"새 메시지가 도착했습니다."

벌써 세 번째다. 더는 참을 수가 없다. 그래서는 안 되는 줄 알면서도 남편의 핸드폰을 집어 들었다. 핸드폰 액정화면에는 "선생님 왜 안 나오세요. 나오실 때까지 기다리고 있을 거 에요. 김♡영"라는 문자가 선명하게 얼굴을 내민다. 누굴까? 하트 모양으로 봐선 여자가 분명했다. 의구심이 일었지만, 전혀 감이 잡히질 않았다. 그 문자 외에도 확인하지 않은 문자가 다섯 통이나 되었다.

하늘같이 믿어온 남편, 샛길로 빠지는 법 한번 없던 그이에게 요즘 조금씩 이상한 낌새가 느껴졌다. 전에는 내가 향수를 사다줘도 본체도 않던 그이가 이제는 꼬박꼬박 향수를 뿌리고 출근하는 게 아닌가.

문자내용을 확인해보려다가 그만두었다. 내가 확인을 하면 누가 보았다는 게 금방 탄로 나는 것이기도 하지만 지금껏 지켜졌던 믿음에 대한 배신행위같이도 생각되어서였다.

"어 시원하다. 요새 웬 날씨가 이렇게 더운지 원….."

"그럼 시원하게 맥주 한잔 하실래요?"

"당신도 참, 내가 언제 집에서 술 먹는 것 봤어?"

샤워를 마친 남편은 옷을 갈아입고 외출준비를 서두른다. 분명 누군가를 만나러 가는 것일 게다. 어쩌면 조금 전 그 여자를 만나러 가는 것일지도 모른다는 생각이 내 머리를 강타했지만 나는 머리를 세게 흔들었다. 절대로 그렇지 않을 것이라고….

남편은 자정가까이 되어서 돌아왔다. 자는 체하고 가만히 있자 남편은 조심조심 옷을 벗고 이불 속으로 들어왔다.

어디 가서 무엇을 하다 지금 들어왔을까? 술 냄새도 전혀 나지 않았다.

"당신 어제 몇 시에 들어왔어요?"

막 출근하려는 남편에게 모르는 척 물어보았더니 돌아온 대답은 나를 더욱 기막히게 했다.

"응. 열한 시쯤 되었을 거야."

"앞으론 좀 일찍 들어오세요. 수진이도 공부하느라 힘들어요."

남편은 들었는지 아니면 못들은 체 하는 건지 아무런 반응이 없다. 그날도 남편이 들어온 시간은 12시가 넘어서다. 나는 속을 부글부글 끓이고 남편이 들어오기만 하면 한바탕 할 만반의 준비를 해놓고 기다리고 있었다. 아니, 핸드폰이 없을 때에도 공중전화로 늦으니 기다리지 말고 먼저 자라고 곧잘 전화했었다.

이제는 핸드폰이 있어도 받지도 않으니 울화통이 터질 수밖에.
전에는 그런 일이 없었다. 전화도 자주 하고 내가 전화를 걸면
"오! 내 사랑"하고 감칠맛 나게 대하던 그 모습은 어디로 사라졌
을까.

이제는 눈치만 슬슬 보는 이웃집 아저씨 같은 인상마저 풍긴다.
오늘만 해도 나는 다섯 번이나 전화를 걸었지만 돌아온 대답은
"상대방이 전화를 받지 않아서 어쩌고저쩌고…" 이웃 보기가 부끄
러워서도 남편을 붙들고 다짜고짜 싸울 수는 없었다. 지금껏 숨죽
이며 관리해온 내 이미지 '현모양처'가 그걸 허락하지 않았다.

"당신 핸드폰 고장 났어요. 이야길 하지 않고서요?"

남편도 양심은 있었던지 멀거니 바라보더니만

"핸드폰? 뭐 이상 없는 것 같은데…"

"그럼 왜 받지 않아요?"

"무슨 일인데?"

적반하장도 유분수지 이 정도 되면 아무리 참으려고 해도 더는
참을 수가 없었다.

"음, 전화했었어. 내가 보고 싶었었나 보네"

남편은 은근슬쩍 능을 치며 나를 안으려 다가왔다.

"아니 이 양반이."

나는 좀 심하다 싶을 정도로 남편을 밀어 박질렀다.

"무슨 짓이야?"

남편도 그제야 사태의 심각성을 느꼈는지 눈을 동그랗게 뜬다.

"누군지 말 해봐요. 누구 만나서 놀다가 지금 들어온 거예요."

지난번 문자를 본 것과 그다음에도 비슷한 유형의 문자가 자주 들어왔었는데 그 모든 것을 총알 쏘듯 한꺼번에 쏘아댔다. 내가 퍼붓는 동안 입 한번 열지 않던 남편의 입가에 이상야릇한 미소가 번지는가 싶더니 이내 차갑게 변해버린다.

　"나는 사람들이 당신을 현모양처라고 해서 그런 줄 알았더니 이제부턴 다시 생각해야겠네. 그래, 그 문자가 그렇게 의심스러우면 그날 현장에 나와 보시지 그랬어?"

　그 말을 끝으로 남편은 서재로 들어 가버린다.

　손바닥도 마주쳐야 소리가 나는 법, 혼자서는 싸울 수도 없었다.

　차라리 어디 가서 놀다 왔다고 거짓말이라도 했으면 참아줄 수 있으련만, 남편은 그 알량한 자존심을 내세워 대화를 중단하고 서재에 들어앉고 말았다. 나를 악처라고 하는 사람들이 있다지만 서재까지 따라 들어가 싸울 만큼 나쁜 사람이 아니라는 것을 아는 사람은 다 아는 사실이다.

　이튿날 남편에게 핸드폰을 다른 것으로 바꿔줄 테니 두고 출근하라고 했더니 두 말없이 핸드폰을 가방에서 꺼내 놓는다.

　웬일일까? 남편의 핸드폰은 온종일 먹통이었다. 어쩌다 걸려오는 전화라는 게 '자금대출'이나 '상품선전'이 전부였다. 증거를 잡기는 틀린 일이었다. 이미 학교 전화로 핸드폰을 빼앗겼다고 알릴만한 사람에게는 알릴 시간이 충분해서일까.

　퇴근 무렵이 되자 문제의 메시지가 다시 날아왔다.

　"선생님 오늘은 진짜 나오실 때까지 기다리고 있을 거 에요. 김♡영"

　나는 장난기 같은 야릇한 호기심이 발동했다.

"약속장소가?"하고 답신 메시지를 날렸다.

"집 앞 푸른 카페라고 했잖아요."

나는 옷을 대충 걸치고 푸른 카페 문을 밀고 들어섰다. 그곳에는 남편의 제자가 앉아 있다가 나를 발견하곤 얼른 일어선다. 집에도 가끔 데려오던 학생이었다. 공부도 잘하고 인물도 빼어났으나 우리 집을 너무 자주 들락거려 내가 눈총을 준 일도 있는 학생이 이제는 어엿한 숙녀가 되어있었다.

"사모님! 집에 들어가면 폐가 될 것 같아서… 선생님은?"

"아니, 좀 늦는다고 나보고 나가보라고 해서…"

"오빠! 인사드려. 선생님 사모님이셔"

앞에 앉아 있던 청년이 일어나 허리를 90도로 꺾으며 인사를 한다.

"차영씨에게 많은 도움 주셨단 소리 들었습니다. 감사합니다."

나는 뒤통수가 부끄러워 그곳에 더 앉아 있을 수가 없었다. 오늘은 결혼식 주례 맡아주겠다는 허락을 꼭 받아내고야 말겠다는 그 학생의 소리가 자꾸만 내 뒤를 따라오고 있었다.

(2008. 10)

오대리의 산삼

책상 위에 놓인 신문을 펼쳐 든 김 과장의 눈이 휘둥그레졌다. 3단 크기, 『꺼져가는 생명 살린 온정』이라는 제목 밑에 시한부 인생을 살아가던 사람이 오 대리가 준 산삼 한 뿌리를 먹고 살아났다는 내용과 함께 오 대리의 사진이 실려 있었다. 만면에 미소를 머금은 채 서 있는 모습이 너무나도 자연스러웠다.

"허 참 별일도 다 많네. 오 대리에게도 그런 선심이 있었단 말인가?"

오음기 대리는 자재과 물품 담당이며 업무가 그리 많지 않은 자리다. 어쩌다 옆자리의 직원들이 바쁜 일이 생겨서 오 대리에게 좀 도와달라고 하면 무슨 핑계를 대서라도 빠져나가지 기분 좋게 대답하고 거들어주는 법이 없는 사람이다. 그런 오 대리의 성격을 잘 알고 있는 자재과 직원들은 아예 무슨 일이고 간에 부탁하질 않는다. 지난번 구조조정 때 정리가 되었어야 마땅하다고 말하는 직원들의 비난에도 오 대리는 건재했다. 그 이유가 인사

부서에 산삼을 가져다 바쳤다는 소문도 떠돌고 다녔지만, 확인할 길은 없었다.

얻어먹는 것만 좋아하고 커피 한 잔 사는 법이 없는, 자린고비 중의 상 자린고비로 통하고, 자기 자신만 아는 이기주의자였다. 그런 오 대리가 산삼을 공짜로 주다니 내일은 해가 서쪽에서 뜨겠다고 수군수군했었다. 장본인인 오 대리가 출입문을 열고 들어서자 모두 제자리로 흩어진다.

오로지 취미라곤 고스톱과 술 먹고 여자들 희롱하는 것밖에 모르는 오 대리다. 우연한 기회에 등산 갔다가 운 좋게 산삼 한 뿌리를 캔 다음부터 쉬는 날이면 적극 산을 헤매고 다니게 되었다. 전에는 살이 쪄서 뒤뚱뒤뚱했었는데 이제 군살이 적당히 빠져 보기 좋은 몸매로 탈바꿈하고 있었다. 오 대리는 이제는 등산보다는 심마니로 나섰다고 해도 과언이 아닐 정도로 그 방면에 지식을 넓혀가고 있었다.

"첫째 산삼은 산의 6부 능선 구릉지나 경사가 완만한 지역에서 잘 자라며 봄철이나 가을보다는 7월 중순쯤이 가장 캐기가 좋다. 그것은 산삼의 열매가 빨갛게 매달려 있어 초심자라도 쉽게 눈에 띄기 때문이다. 산삼의 가격은 일정한 정가표가 있는 것이 아니고 임자를 잘 만나면 거금도 받을 수 있지만, 불쌍한 사람이나 꼭 산삼이 필요한 사람에게는 그냥이라도 주어야 한다."

제법 그럴듯한 말이다. 아 그런데 그 심오한 마지막 부분을 오 대리는 실천한 것이었다. 돈이 없어 사경을 헤매는 이에게 천금 같은 산삼을 주었으니….

소백산으로 산삼을 캐러 갔던 오 대리가 제법 근사한 산삼 한 뿌리를 얻었다. 백 년은 족히 넘었을 것이란 주장이었다. 뿌리가 마를세라 이끼로 싸고 또 싸서 보관한 7구짜리 산삼은 누가 봐도 탐이 날 만큼 튼실했다. 여인의 하체처럼 잘 생긴 산삼 뿌리를 보고 반하지 않을 사람이 없었다. 서울에 있는 국영기업체 간부라고 하는 사람이 내려와 거금 일천만 원을 내놓았다. 그 금액이면 오 대리 1년 치 봉급 1/3에 해당하는 금액인데 이런 일을 보고 아닌 밤중에 횡재했다고 하던가.

불로장수하기 위해서 산삼을 사러 오는 사람도 있지만, 몹쓸 병에 걸려 시한부 삶을 살아가는 사람이거나 중병을 앓고 있는 사람이 대부분이라는 것이다. 이미 재산은 병원비로 탕진했고 마지막으로 '죽는 사람도 살린다.'라는 산삼이나 한번 써보면 여한이 없겠다는 희망을 품고 찾아온다는 것이다. 그러니 산삼값을 두둑이 내놓을 돈도 없는 사람들이고 또 찾아와서 울고불고 매달리면 바늘로 찔러도 피 한 방울 안 흘릴 것 같은 사람도 작은 것 한 뿌리 정도는 그냥 줄 수밖에 없다는 것이 오 대리의 설명이다.

어느 날 하도 울며 매달리는 사람에게 작은 것 한 뿌리를 준 일이 있었다. 그것이 운 때가 맞아서 그랬는지 몰라도 폐암 말기의 그 환자가 병이 나아서 이곳 신문사에다가 오 대리에게 감사하다는 내용을 보내와 기사화된 것이었다.

지난해에는 산삼을 팔아서 올린 수입이 회사에서 받는 연봉보다 더 많다는 말도 들려왔다. 하긴 오 대리가 캐어 온 산삼은 비록 지방 언론이긴 하지만 ABS 방송에 보도되었고 그 이튿날부

터 오 대리의 핸드폰에 불이 날 정도로 전화가 쇄도해왔었다. 그
때마다 오 대리의 대답은 한결같았다.

"아 참 안되었습니다. 이미 산삼은 다 팔리고 없습니다. 꼭 필
요하시다면 제가 다른 곳에 한번 알아봐 드릴 테니 주소와 전화
번호를 알려주십시오."

사무실에서의 통화내용은 지극히 사무적이고 이론은 나무랄
데가 없었다. 또 그의 훤칠하고 잘 생긴 외모에서도 그의 말은 신
빙성이 높아 보였다. 그러나 오 대리와 한 사무실에서 근무하고
있는 동료는 그의 말을 인정하려 하지 않았다.

"산삼이 제 정신이 아닌가 봐. 그러니까 그런 사람 눈에 뜨이
지?"

"어디 제 정신 아닌 것이 산삼뿐인가. 지금 온통 정치인도 그렇
고, 지체 높은 양반들도 그렇고, 모두 제 정신이 아니야."

"예로부터 산삼은 삼대(三代)에 걸쳐 적선을 베풀어야 캘 수 있
다고 했는데 아무리 봐도 오 대리 선대에서 착한 일을 한 것 같진
않고, 또한 그 꼴 좀 봐 지금 오 대리가 하는 일이란 것이 국고 축
내는 것밖에 더 있어, 그리고 여자들만 보면 침을 흘리는 작자 아
냐?"

"그렇게만 볼게 아냐. 오 대리가 좋은 일을 얼마나 많이 하는데
그래. 어저께는 산삼을 꽤 많이 캤나 봐. 인사과 여직원들에게
실뿌리 같은 것이나마 한 뿌리씩 돌렸다고 하던데."

"많이 캐면 뭘 하나 밥을 한 끼 샀나. 막걸리를 한잔 샀나. 누가
알까 봐 뒤로 쉬쉬하면서 챙길 것은 다 챙기는 음흉 단지라고."

오 대리는 산삼으로 올리는 수익이 짭짤했다. 주식을 하다가 진 빚도 어느 정도 갚을 수 있었고 인사 부서에도 적당히 손을 써 놔서 다음 인사이동 때에는 승진설도 슬슬 떠돌아다니고 있었다. 무엇보다도 오 대리의 선행이 알려지면서 회사 직원들이 그를 바라보는 눈빛이 달라졌다는 데에 더 큰 뜻이 있었을 것이다.

눈빛이 형형한 젊은 사내 둘이 자재과에 나타나 오 대리를 찾았다. 자재과 직원은 이번에도 오 대리가 무슨 좋은 일을 해서 하다못해 감사패라도 전달하러 온 줄 알고 고개를 끄덕이기 시작했다. 오 대리가 그들 앞에 나타나자 그중 한 젊은이가 느닷없이 주머니에서 은팔찌를 꺼내 오 대리의 팔목에 찰칵 채웠다.

"오음기 당신은 장뇌삼을 가지고 산삼으로 속여 판 사기혐의로 체포합니다. 변호사를 선임할 수 있으며 묵비권을 행사할 수도 있습니다."

청풍경찰서 형사들은 이미 증거품으로 오 대리의 집에서 압수해온 장뇌삼을 그의 코앞에 펼쳐 보이고 있었다.

(2001. 12. 문예충북)

피는 물보다 진하다

08
····

요양원 문을 들어서는 소갈 씨의 표정이 어둡다. 아니 인상을 찡그린다고 해야 맞을 것 같다. 꽉 막힌 건물, 하얀 벽, 사방에서 풍겨오는 소독약 냄새가 신경을 자극해서다.

옛 직장동료 풍골 씨가 입원해 있는 6층에 엘리베이터가 멈춘다. 전 같으면 걸어서 올라왔겠지만, 이제는 체력을 자랑할 나이가 아니다. 자신도 언제 풍골 씨처럼 병원 신세를 질지 모른다고 생각하니 서글픔이 밀려왔다.

그 좋던 젊은 시절은 꿈결같이 흘러가 버리고 이제 남은 것이라곤 그저 비썩 말라빠진 몸뚱이 뿐이다. 죽는 날까지 건강하게 살다가 죽었으면 좋겠다는 생각을 하루에도 수십 번이나 해보지만, 어찌 하늘이 내린 명을 인간의 힘으로 조절할 수 있겠는가.

병실에는 침대가 네 개 놓여있고 침대마다 환자가 누워있다. 사람이 들어오거나 말거나 전혀 신경 쓰지 않는다. 간호사만이 누구를 찾아왔느냐는 듯 물끄러미 쳐다본다. 그 모습이 퍽 사무적이다.

사방을 둘러보는 소갈 씨 눈에 낯익은 모습이 포착되었다. 앙상한 몰골만 남은 어깨가 한없이 가엾게 느껴졌다. 풍골 씨는 벽을 향해 돌아앉아서 무엇인가 혼자 중얼거리고 있어서 가까이 가도 모르고 있었다.

"이 사람! 뭣하고 있는가?"

중얼거림을 멈춘 풍골 씨가 고개를 돌리는 모습은 무척 빨랐다. 마치 전광석화같이. 그 얼굴에 경계심이 가득하다. 자신의 손에 든 먹을 것을 빼앗으러 온 사람같이 느끼는 것 같았다.

"나 박 소갈이네 알아보겠는가?"

여전히 경계심을 풀지 않는다. 그제야 간병인이 다가온다.

"가족 되시나요? 기억력이 없어진 것 같아요. 사람을 잘 알아보지 못해서 그래요."

"어쩌다 이 모양인가 그래?"

젊어서는 준수한 용모를 자랑하던 풍골 씨, 한 인물 할 때는 그야말로 여자들이 줄을 섰다고 해도 과언이 아닐 정도였다. 한 예로 술집에 가면 도우미들이 모두 풍골 씨 옆에 앉으려 해서 일행들이 시기하던 때도 잦았었다. 하지만 이제는 모두 옛말이다. 소갈 씨나 풍골 씨나 이제는 성 쌓고 남은 돌, 그 어디에도 반겨주는 곳이 없다.

몸이나 건강하면 오죽 좋으련만 하느님은 야속하게도 풍골 씨에게 치매라는 무서운 중병을 안겨주었으니 그저 원망스럽기만 하다. 지난해 면회 왔을 때에는 희미하게나마 사람을 알아보는 것 같았는데 이번에는 완전히 몰라보는 게 그 정도가 너무 심하지 싶다.

풍골 씨는 공직에서 정년퇴직하고 남아도는 시간을 적절한 운동과 사회활동으로 병행하며 노후를 즐겼다. 다달이 나오는 연금만 가지고도 생활하는 데에는 부족함이 없었다. 슬하에 남매를 두었는데 위로 아들은 미국에 교환 교수로 가 있고, 딸은 능력 있는 신랑 만나서 별 탈 없이 살아가고 있으니 달리 신경 쓸 일도 없었다.

예부터 잔병에 효자 없다는 말처럼 풍골 씨 자녀도 처음에는 적극적으로 아버지를 병원에 모셔가고 병을 고쳐보려 노력했다. 하지만, 우주를 날아다니는 신기술을 가지고도 풍골 씨의 병은 치유되지 않았다.

풍골 씨 칠순잔치 하던 해부터 병원 신세를 지기 시작했으니 10년이 훌쩍 넘었나 보다. 처음에는 위문금을 들고 찾아오던 친구나 지인도 많았지만, 지금은 모두 옛이야기가 되고 말았다.

하긴 문병을 온다고 해도 전혀 사람을 알아보지 못하니 문병 온 사람 입장에서도 허탈해하는 것은 이해가 간다. 자녀들이 생업을 포기하고 아버지를 병구완할 수도 없는 노릇이다.

아들은 미국에서 대학교수로 눌러앉고 딸은 서울에서 생활하고 있으니 자연, 풍골 씨 병구완은 부인 차지가 되었다. 병구완하는 것보다 더 힘든 일이 없다는 것은 안 해 본 사람은 모를 게다, 풍골 씨 부인도 처음에는 지극정성으로 병구완했으나 여자 힘으로 덩치 큰 남편을 추단하는 것은 쉬운 일이 아니었다.

결국, 그의 아내는 눈물을 머금고 남편을 요양원에 입원시키기로 했다. 아들과 딸도 매월 어느 정도의 요양비를 부담하겠노라고 했다.

　병실에는 나이도 비슷하고 증세도 비슷한 환자들이어서 젊어서 잘나가던 때의 이야기가 자주 등장한다. 그중에서도 풍골 씨의 무용담이 제일 걸걸하다.

　"아마 내가 먹은 술을 한꺼번에 무심천에 토해놓으면 큰 장마가 지고도 남을 게야. 젊어서는 술 잘 먹는 사람을 최고로 쳐주기도 했지. 한번은 그 유명한 해동집에 아가씨가 새로 왔다고 해서 김 과장과 둘이 가지 않았겠어. 정말 사근사근하더라고, 그런데 이 아가씨 어찌나 술이 쎈지 둘이서도 당하지를 못하겠는 거야. 새벽 두시까지 마신 것 같은데 나중에 보니까 맥주병이 방 네 귀퉁이를 한 바퀴 뺑 돌았더라고. 그래도 이튿날 출근했었는데 이제는 아니야……."

　기억력이 좋을 때의 일은 잊지 않는다고 하더니 그 병실 환자들도 예외는 아니었다. 하지만 과거가 아무리 찬란하면 무엇하겠는가? 자신은 병실에 매인 몸인 것을. 그리고 흘러간 세월이 어떻고 하는 말에 귀 기울이는 사람도 없었다.

　중후한 중년 신사 한사람이 풍골 씨가 입원해 있는 병실을 찾아왔다. 모두 들 누군가 의아해하며 바라본다. 의문의 신사가 환자를 죽 둘러보다가 풍골 씨 침대로 다가간다.

　"아버지 저 왔습니다. 얼른 일어나셔야지요?"

풍골 씨 눈에 이내 생기가 돌더니 이슬이 맺힌다. 앙상한 손을 내밀어 아들의 손을 잡는다. 그러는가 싶더니 침대 밑에 손을 넣어 무엇인가 찾는 눈치이다. 이윽고 그의 손에 들려 나온 것은 꼬깃꼬깃 접은 만 원짜리 두 장이었다.

"객지에서 얼마나 고생이 많으냐? 이거 가지고 가서 애들 과자 사 주거라"

어눌하지만, 또박또박 말하는 풍골 씨의 눈은 사랑으로 가득 넘쳐났다.

"아버지!"

앙상한 몰골의 풍골 씨 손을 잡고 흐느끼는 아들의 울음소리가 적막한 병실을 휘감고 있었다. (2014. 3.)

2부_ 별들의 욕망

별들의 욕망

이

맹달 씨 부부는 결혼 전부터 아들을 낳으면 우리나라 최초의
오성장군(五星將軍)이 되라는 뜻에서 오성(五星)이라 이름 짓고
딸을 낳으면 미스코리아 진(鎭)에 당선되라는 뜻에서 미진(美鎭)
이라 이름 짓기로 약속했었다.

어머님께서 고대하시던 아들이 아니라 딸을 먼저 낳았다. 딸
이면 어떠랴. 딸은 살림 밑천이란 말도 있지 않던가. 불면 날아
갈까 쥐면 터질세라 애지중지하는 맹달 씨 부부를 그의 어머니는
가끔 못마땅한 눈초리로 바라보신다.

"그저 새끼는 속으로 귀여워해야지. 쯧. 쯧."

맹달 씨는 퇴근하기가 무섭게 집으로 달려온다. 직장에서도 노
상 미진이 생각으로 싱글벙글한다. 하지만 어찌 된 일인지 미진
이는 한시도 바닥에 누워 잠들지 못하는 고약한 버릇이 생겼다.
언제나 안아서 '둥기둥기' 하면서 방안을 쏘다녀야만 잠이 든다.
그래서 그의 아내는 맹달 씨가 퇴근해 오기 무섭게 미진이를 안

겨준다.

백일을 맞았다.

맹달 씨 어머니는 백설기나 하고 미역국이나 끓이고 수수팥떡이나 해서 식구들끼리 먹자는 것을 맹달 씨 부부는 반대했다. 장래 미스코리아를 만들려면 지금서부터 미진이를 널리 알릴 필요가 있다고 생각한 때문이었다.

직장은 아예 하루 연가를 내고 가슴 부풀리며 백일잔치를 차렸다. 직장상사와 동료는 물론 마을 사람을 모두 초청, 온갖 음식을 다 만들어 푸짐하게 대접했다.

미진이는 마치 무슨 선거의 후보처럼 이 상 저 상 옮겨 다니며 얼굴 내밀기에 정신이 없었고 갑자기 낯선 사람들을 많이 대하자 울보로 변해버렸다.

"미진이라! 이름 한번 잘 지었군. 크면 영락없이 미스코리아가 될 감이야."

맹달 씨 부부는 그 소리를 들을 때마다 가슴 한구석이 찡하는 환희의 쾌감을 맛보았다.

맹달 씨 부부의 지극하고 과잉된 보호 속에 미진이가 두 살 되었을 때 그의 아내는 정말 신기하게도 아들을 낳았다.

이번에는 잔치도 더 크게 하고 미진이 때보다 더 폭넓게 초청했다.

직장동료는 쥐꼬리 박봉을 축내어 백일 선물을 사 들고 찾아왔고 마을 사람도 그날 하루만큼은 문전성시를 이루었다.

'우리 미진이가 커서 우리나라에서 제일 예쁜 미스코리아 진에 당선되고, 우리 오성이가 커서 우리나라 최초의 오성장군이 되면 우리 부부는 은빛 찬란한 수염을 드날리며 눈 덮인 알프스산맥을 거니는 것쯤은 식은 죽 먹기보다도 쉬운 일일 테고…. 파리에서 오찬을, 버킹검 궁에서 만찬을….'

정말 상상만 해도 가슴 뿌듯한 일이니 신바람이 절로 났다.

'우리 부부 모두, 아니 껍데기만 남는다 할지라도 아낌없이 투자하리라.' 맹달 씨 부부의 꿈을 실은 환상의 수레는 드넓은 공간을 향해 마구 내달리기 시작했다.

점차 미진이와 오성이가 커감에 따라 예쁜 옷만 골라서 사 입히고 맛난 음식만 해서 먹인다. 오성이 에게는 장난감 칼과 권총과 말을 사주고 장래 오성장군을 만들기 위해서는 어떠한 노력, 어떠한 어려움도 이겨낼 각오가 서 있었다.

미진이는 유치원 입학 전부터 피아노학원, 미술학원에 다니게 했으며 오성이는 합기도장 웅변학원 등을 다니게 했다

한 달에 한 번씩 쉬는 날을 택해 맹달 씨는 미진이의 손을 잡고, 그의 아내는 오성이의 손을 잡고 등에는 점심에 먹을 맛난 음식을 짊어지고 목에는 카메라를 걸고 소풍을 나섰다.

봄이면 창경궁, 민속촌, 자연농원, 여름이면 맑은 물이 용솟음치는 시냇가, 가을이면 붉게 타는 단풍 속에 목탁소리 염불 소리 향 내음 은은히 울려 퍼지는 유명사찰, 겨울에는 스키장 등을 두루 찾아 호연지기를 길러주며 곱고 씩씩하게 키우기에 온갖 심혈을 기울였다.

맹달 씨의 교육비 지출은 수입의 70%를 웃돌고 있었다. 그러

자니 마흔이 넘은 나이에도 집 한 칸 없이 전전긍긍하면서도 미진이와 오성이가 씩씩하고 예쁘게 커 주는 보람에, 그리고 장래의 꿈을 생각하면 저절로 힘이 솟았다

착하고 예쁘기만 한 미진이는 중학교를 졸업할 때까지 무엇이든 제 엄마 손을 거치지 않고서는 옷 한번 제대로 챙겨 입지 못하는 게으름뱅이 이기주의자로 변해버렸다. 오성이는 오성장군이 될 기질을 타고나서였는지 심한 장난과 싸움질로 유리창 값을 물어주고 손이 발이 되도록 빌게 하는 수난을 자주 몰고 왔지만, 성적은 항상 상위권이어서 맹달 씨 부부를 기쁘게 했다.

미진이는 이름에 걸맞게 빼어난 미모에다 피아노도 잘 쳤다. 그래서 예술대학에 쉽게 입학할 수 있었다. 얼굴이 반반하니까 어찌나 사내 녀석들이 많이 따르는지 맹달 씨 부인은 미진이 감시와 보호에 또 한 차례 신경을 곤두세우면서도 마음은 흐뭇했다.

오성이도 건강한 체력, 우수한 성적, 반듯한 용모로 육군사관학교에 진학하는데 별 어려움이 없었다.

미진이는 졸업하기도 전에 모 영화사로부터 출연제의를 받았다. 미진이가 주연으로 출연한 영화가 국제 영화제에서 최우수작으로 뽑혀 많은 상금과 함께 미진이의 명성은 날로 높아만 갔다. 미진이 덕에 난생처음 비행기를 타고 하와이를 일주일간이나 여행하게 되었지만, 미진이가 시집을 가지 않겠다고 고집 부리는 바람에 그렇게 기분 좋은 여행은 아니었다.

오성이는 그의 동기생들보다 진급이 늘 한 두 계단 빨랐다. 그일을 두고 항간에서는 아름답지 못한 소문들이 나돌았지만, 오성

장군이 되려면 그런 시시껄렁한 시기쯤은 있는 법이라고 맹달 씨는 가볍게 일축해 버렸다.

미진이는 영화계에서 일인자로 손꼽히고 아들 오성이는 별을 세 개나 달았으니 이제 맹달 씨의 꿈은 거의 이루어진 것이나 다름없었다.

머리에 서리꽃이 핀 맹달 씨가 정년퇴직을 앞두고 낙향을 결심하자 그의 아들 맹 중장은 향리에다 별장 같은 집을 지어놓았고 미진이는 이자만 가져도 노후를 즐길만한 넉넉한 돈을 그곳 농협에 예치해 놓았다.

고진감래, 이제 맹달 씨 부부는 여생을 책이나 읽고 낚시나 하면서 보내도 될 여유가 생겼다. 사실 젊어서는 남매 교육에 신경 쓰느라 둘이서 호젓한 여행 한번 못해본 맹달 씨 부부였다.

고향에 돌아온 맹달 씨는 본인도 모르는 사이 유지(有志) 중의 유지가 되어 있었다. 그의 공직 경력이라야 별 보잘것없지만, 스타(배우) 딸과 스타(별) 아들을 둔 덕에 기관장들이 바뀔 때마다 찾아왔고 인근 사람들도 어려운 일이 있을 때마다 맹달 씨를 찾아왔다.

두 달에 한 번 정도는 오성이 내외가 애들을 데리고 시골에 인사차 다녀가곤 했다. 바빠서 못 올 때는 며느리와 손자들만이라도 내려보내는 오성이의 마음 씀씀이가 고맙기도 했다. 그 일을 두고 고향 사람들은 덕박골에 효를 겸비한 삼성(三星)장군이 났으니 장관 자리 하나는 떼 놓은 당상이라고 좋아들 했다.

근 1년째 소식 없던 미진이가 밤중에 그 좋은 자가용은 어쩌고

택시를 타고 들이닥쳤다.

영화계를 주름잡던 왕년의 스타 맹미진양의 모습은 어느 구석에서도 찾아볼 수 없고 마치 환자 같은 초췌한 모습이었다.

"하도 복잡한 일이 있어 쉬러 왔어요. 한 일주일 쉬었다 갈 테니 나 왔다는 소리 아무에게도 해서는 안 돼요."

거듭 다짐을 하고는 방에 들어가 풀썩 쓰러진다.

이튿날 조간신문을 펼쳐 든 맹달 씨, 처음에는 자기 눈을 의심했다. "별들의 욕망"이란 커다란 제목 밑에는 '맹 오성 중장 무기 구매 관련 거액의 뇌물수수', 거기까지 읽은 맹달 씨는 그만 눈앞이 캄캄해 주저앉고 말았다. 그 옆에는 '영화배우 맹 미진 양 마약 상습복용 혐의로 전국에….' 이란 소제목도 붙어 있었다.

(1995. 6. 충북시보)

자린고비의 미소

○2
····

오 교장은 널따란 교장실에 혼자 우두커니 앉아 있자니 더욱 썰렁함을 느낀다. 스산한 날씨 탓도 있겠으나 왠지 요즘 직원들이 자신을 멀리하려는 것만 같아 어서 물러나야지 하는 생각을 하다가도 때가 아니라는 생각에 고개를 가로젓는다.

처음에는 커피를 좋아하지 않는다고 하니까 여선생들이 돌아가며 국산 차를 타서 갖다 주더니 이제는 마지못해 주번교사가 한잔 씩 타다준다. 전에는 양호 선생이 주기적으로 재어주던 혈압도 이제는 이상이 없다며 부르기 전에는 얼씬도 하지 않는다. 아무리 생각해도 서운하게 한 게 없는 것 같은데 모를 일이었다.

교장실 문을 활짝 열어 놓고 개방한다는 말을 학기 초부터 수차례 했건만 용무가 없는 사람은 통 들어오려 하지 않으니 차라리 교감 시절이 그리웠다. 무료함을 달래기 위해 교장실을 벗어나 2층 교무실로 들어서자 학생부장이 얼른 자리에서 일어나 밖으로 나가 버린다.

'쯧쯧 못난 선생 같으니. 아직도 잘못을 깨닫지 못하고 있으니….'

2학년 남학생들이 호프집에서 술을 먹고 나오다가 순찰 중인 경찰관에게 적발돼 파출소로 연행됐다. 학생부장이 파출소로 달려가 보니 다행히도 초등학교 동창생이 파출소장으로 있어서 학생들의 선도를 책임진다는 각서를 써주고 학생들을 데리고 나올 수 있었다.

학생부장은 학생들을 처벌할 것인가를 놓고 많이 고심했다.

학생들의 근본이 나쁘다면 일깨우는 입장에서라도 당연히 처벌해야겠지만 사연을 들어보면 그렇지도 않았다. 친구의 생일을 축하하기 위해서 모인 학생들이 호기심으로 들어가 1인당 생맥주 300cc 한 컵씩 마셨다고 했다. 또한, 처벌한다면 내신점수에도 영향을 미칠 것이고 그 학생들에게 주는 상처는 또 얼마이런가? 자신 혼자서만 알고 일주일 동안 반성문을 써내라는 지시를 내리고 마무리를 지었다.

그러나 이 세상에 비밀이 존재한다고 믿는 사람은 없을 것이다. 어떻게 알았는지 수소 가스처럼 부풀어 온통 교내를 떠돌아다니는 그 소문은 아무리 나는 새도 떨어트린다는 포도대장(학생부장)의 힘으로도 잠재울 수가 없었다. 결국, 그토록 염려했던 도교육청에서 나온 장학관에게 경위서를 쓰는 수난을 겪어야 했다. 그 와중에도 교장은 일언반구 위로는커녕 덩달아서 학생부장을 몰아치는 데 일조 했다.

고슴도치도 제 새끼는 함함하다고 한다는데 아무리 학생부장이 혼자 처리하려 한 잘못이 있어도 경위서 쓰는 것은 막아 줬어야 한다는 것이 직원들의 한결같은 뒷공론이었다.

직원들이 교장을 멀리하는 데는 그 일 말고도 또 다른 일이 있다. 처음 부임하는 교장을 두고 공사(公私)가 분명한 성군(聖君)을 만났다고 좋아들 했다. 그러나 환영회는 그럴듯하게 받아 놓고 좀처럼 자장면 한 그릇 사는 법이 없었다. 봉급 외에 지급되는 판공비와 업무추진비를 합해 월 오십 만원이 넘는다는데 교장은 그 돈을 가져다 어디에 쓰는지 아는 사람은 오직 본인 한 사람뿐일 것이다.

두 분 기사들이 일하는 곳에는 어김없이 막걸리 주전자를 직접 들고 나타난다. 그리고 웃옷을 벗어 놓고 같이 일하기도 한다. 그렇다고 기사들한테 호감을 얻기는커녕 불편해하는 편이다.

그런 오 교장을 두고 전 직원들에게는 회식을 베풀진 않았어도 어려운 사람들에게는 선심을 쓴다고 제법 긍정적인 눈으로 보는 직원들도 있었다. 어느 날 외상값을 갚으러 갔던 엄 선생이 학교 앞으로 달린 막걸리 외상값을 보고 와서 소문을 내면서는 간신히 평행선을 유지하던 교장의 인기는 바닥세에 이르고 말았다.

학생부장이 보고문서 결재를 받기 위해 교장실을 노크하자 외출 준비를 서두르던 교장이 "무슨 일이냐"며 주춤한다. 결재서류에 서명하고 난 교장이 김 부장을 물끄러미 바라보더니 탁자 위에 있던 "청소년 가장 생활수기"란 책 한 권을 집어서 건네준다.

"김 부장 그 책 읽어보고 우리 학교에도 그 아이들처럼 어려운 어린이가 있다면 돕는 방법도 함께 생각해 보시오."

"네! 한 번 연구해 보겠습니다." '내일은 해가 서쪽에서 뜨겠군. 속으로 비아냥거리며 돌아서려는데 흰 봉투가 바닥에 떨어졌다. 그 봉투는 자신이 도교육청 생활지도담당 장학관에게 제출했던 경위서였다. '어떻게 경위서가 이곳에….'

경위서 때문에 가슴이 심하게 박동하는 김 부장의 등 뒤에서 털털한 오 교장의 목소리가 다시 들려왔다.

"김 부장 오후에 수업 없으면 나 좀 천사촌 까지 태워다 줘요. 그 녀석 생일을 깜박 잊고 있었어."

천사촌 희망 재활원에 오 교장이 탄 차가 도착하자 놀이터에서 놀던 지체 부자유 어린이들이 일제히 "할아버지" 하고 함성을 지르며 오 교장을 에워쌌다. 커다란 케이크 상자를 내려놓고 달려온 아이들을 얼싸안고 빙그레 미소 짓는 오 교장의 구부정한 모습은 영락없는 고슴도치였다.

(1999. 10. 청풍문학)

주연과 조연

○3

오늘따라 왠지 교통경찰들의 움직임이 부산하다. 오하물 씨는 비질을 하면서도 환경정리를 지시하는 시청직원들을 못마땅한 듯 흘금흘금 흘겨본다. 지난번 어느 높은 양반이 올 때에도 이렇게 법석을 떨더니 오늘도 꽤 높은 사람이 오나 보다.

통장이 주민을 앞세워 집 앞 청소를 시키고 도로변에 너절하게 걸린 벽보 현수막 등이 깨끗이 철거된 것도 그 무렵이었다.

"오 요원 저 자전거 좀 치워."

"그 자전거 임자 금방 약방에 들어 갔어유 곧 나올 텐데….."

"치우라면 치워요, 높은 양반들 보기 전에."

"오늘도 높은 어른이 오나 부지유?."

"시키는 일이나 하세요."

언제나 그랬다. 오하물 씨가 몸담고 있는 청풍시청 환경관리과 청소계에서는 무조건 명령에 따르는 길밖에 없었다. 인격적 대우라는 것은 아예 찾아볼 수도 없었다. 그들도 집에 돌아가면 어엿한 가장임에도 그런 수모를 당하는 일은 비일비재했다. 괜히 잘

난 채 말대꾸라도 하는 날이면 달동네 언덕배기 구역으로 쫓겨나기 때문에 오장육부 다 빼내 버리고 꾸역꾸역 참는 수밖에 없었다.

오하물 씨의 청소구역은 금석교에서 문화회관 까지다. 그 넓은 구역을 깨끗이 쓸자니 자연 어깨는 빠지는 것 같고 다리는 떨어지는 것 같았다.

정복을 입은 교통경찰들이 무전기를 들고 귀에는 헤드폰인지 무엇인지 하는 것을 꼽고 호루라기를 불며 바삐 나다닌다.

불법 주정차하면 금석교에서 문화회관까지를 첫 번째 꼽던 금석로가 오늘은 눈을 씻고 보려고 해도 차 한 대 보이지 않는다. 오토바이를 세워놓고 공중전화 부스 안으로 바삐 들어가는 사람이 보인다. 뒤미처 호루라기 소리가 요란히 울리며 금석교 방면과 문화회관 방면에서 각각 한 사람씩의 전경이 뛰어온다. 그들은 시동이 걸린 채로 있는 오토바이를 밀고 골목 안으로 사라진다.

'원 별일 다 보겠네! 오늘은 어느 어른의 행차시기에 이 난리를 피운담.'

"아저씨 힘드시죠. 좀 쉬어서 하세요."

조금 전 골목 안으로 오토바이를 밀고 들어갔던 전경 중의 한 사람이 오하물 씨에게 다가 와 진정 측은해 하는 모습이다.

"힘들긴 매일 하는 일인데, 근데 누가 오기에 이 난리랍니까?"

"자세한 것은 모르겠는데요. 유명한 소설가 한 분과 뭐 예술부 장관이 온다나 봐요."

"높은 사람만 떴다 하면 이 지경이니 피곤해서 살 수가 있어야죠."

말을 끝내고 그들은 또 어디론가 바삐 가고 있었다.

아침에 한 사발 마신 막걸리는 언제 마셨더냐 싶게 갈증을 일으킨다.

'딱 한 사발만….'

사방을 두리번거리던 오하물 씨는 더는 참을 수 없다는 듯이 할매집 문을 밀치고 잽싸게 들어갔다. 막걸리 한 병을 따서 막 마시려고 하는 찰나에 오하물씨를 찾는 음성이 귀청을 때린다.

"오 씨! 오 씨!"

오하물 씨는 들었던 잔을 재빨리 비우고는 청소계장 앞으로 달려간다.

"지금이 어느 때인 데 근무시간에 술을 마셔요. 어서 문화회관에 가 봐요. 지금 사람이 모자라서 난린데 원 쯧쯧."

문화회관 앞에는 말로만 듣던 으리으리한 외제 고급 승용차들이 즐비하게 늘어서 있는가 하면 각계에서 보내온 화환들이 기세등등하게 식장 앞에 늘어서 있다.

오하물 씨는 시청에서 실어온 화분을 내려놓다가 어느 꽃가지에 매달린 리본에 쓰인 글씨에 시선이 머문다.

"축 청풍시가 낳은 세계의 대 문호 고귀환(高貴煥) 선생 초청 대강연회!"

"자, 자 어서 차 빼고 화분들 정리해요."

시간이 임박했는지 경찰 간부로 보이는 금테 모자의 사내가 서

두른다. 오하물 씨는 화분을 진열하면서도 조금 전 읽은 글귀가 머리속을 어지럽힌다.

'예술부 장관이 우리 시(市)가 낳은 사람인감?'

이때 금테 모자 사내의 무전기에서 삐삐 하는 금속음이 들리고 얼른 안테나를 뽑아든다.

"뭐 장관님 나들목 통과하셨다고? 알았어."

"장관님 나들목 통과하셨답니다. 아마 고귀환 선생과 동행하는 걸로 알고 있습니다. 준비들 하시고 미화 요원들은 돌아가셔도 좋습니다."

울고 싶자 뺨 맞는다고 오하물 씨는 속으로 쾌재를 불렀다.

더 있으래도 안 있는다. 하고는 골목으로 어슬렁거리고 들어가려는 찰나였다.

'83년식 구닥다리 승용차가 문화회관 강당 앞에 들어와 멈춘다. 잔뜩 긴장해 있던 경찰 간부와 전경들이 먹이를 발견한 짐승들처럼 우르르 몰려든다. 차에서 내린 사람은 허름한 작업복에 턱수염을 기른 건장한 50대 남자였다.

"여보! 여보! 어서 그 차 치워요."

"문화회관 주차장은 서민들은 이용하지 말라는 법이라도 있단 말이오?"

허름한 옷차림에 비해 사내의 날카로운 눈매가 빛을 발했다.

"오늘 여기서 중요한 행사가 열린단 말이오. 그곳은 일부러 비워놓고 기다리는 중이란 말이오."

"그렇게 보기 싫으면 당신들이 치우시구려."

예의 그 사내는 구역질이라도 나는지 헛기침을 한번 하고 나서 회관 주변을 죽 훑는다.

이 광경을 눈에 쌍심지를 돋우고 노려보던 금테 모자의 사내가 옆에 서 있는 교통계장에게 턱으로 후미를 가르친다. 알았다는 듯이 목례를 올린 교통계장이 핸들을 잡자 뒤에서 전경 두 명이 차를 밀기 시작했다. 사내는 멋대로 하라는 듯 팔짱을 끼고 시내를 응시하고 있다.

강연회에 참석하기 위해 몰려오던 한 무리의 여고생들이 있었다. 그 중 턱수염의 사내를 유심히 살피던 한 학생의 입에서 괴성이 튀어나왔다.

"와! 소설가 고귀환 선생이다."

질서정연하게 줄을 맞춰오던 대열이 삽시간에 흐트러지더니 우 하고 턱수염의 사내를 에워싼다.

"선생님! 책에서 사진 봤어요. 사인해주세요."

"저도요."

"여기도요."

인솔해오던 교사도 금테 모자의 사내도 넋을 잃고 학생들에게 둘러싸인 턱수염의 사내를 바라본다.

'이럴 줄 알았으면 미리 책이라도 좀 사서 볼 걸… .'

금테 모자 사내의 공허한 독백이 학생들의 소음 속에 묻혀가고 있었다.

(1993. 4. 콩트다이제스트)

호무골 지킴이

04
....

호무골을 떠나면 못 살 것으로 알고 있는 맹구 씨는 폐암으로 아내를 잃고 끈 떨어진 연이 된 지 벌써 5년째다.

고향 집에 올 때마다 어깨가 축 늘어진 맹구 씨를 측은하게 여겨 정리하고 말 것도 없는 시골 살림 정리해 서울로 가자고 몇 번이나 아들 내외가 권했다. 깊은 생각에 잠기는 듯하더니 '나이가 더 들어서 일 못 할 지경이 되면 그때나 생각해 보겠다'며 미루고 만다.

어제 영달이는 '추석 연휴 중 강릉에서 회사의 중요한 행사가 있다.'라며 아버지 맹구 씨를 강릉 콘도로 모시겠다고 했다. 순풍에 돛 단 듯 부장 승진을 눈앞에 두고 있는 아들이 대견하기도 하고, 행여 자식의 출셋길에 걸림돌이 되지나 않을까 하여 맹구 씨는 순순히 따라나섰다.

객지에 나가서 명절을 보내다니, 옛날 같으면 가당키나 한 일이겠는가마는 이 빠진 호랑이요. 사랑방 늙은이에 불과한 자신의 말을 귀 기울여 들어줄 사람이 이 세상에는 없는 것 같았다.

　아침이 되자 배달되어 온 음식을 진열해놓고 부역에 땜질하듯 제사라고 지냈다. 제사가 끝나자 영달이 내외는 행사에 참석해야 한다며 주섬주섬 등산복을 차려입고 집을 나가고 콘도에는 맹구 씨와 초등학교 일 학년 손자하고 둘만 남게 되었다.

　추석 날 처가에 간다고 아들 내외가 떠나고 나면 아내 무덤을 찾아가 술을 부어놓고, 그 간의 농사 이야기를 들려주다가 한 잔, 아들 자랑 손자 자랑을 하다가 또 한 잔, 그렇게 시간을 보내며 그 술을 모두 마시고 취하여 내려오곤 했었는데 '오늘은 아내가 쓸쓸해하며 자신을 기다리겠구나!' 생각하니 목이 메어왔다.

　아침도 먹지 않고 컴퓨터에 매달려 있는 손자 규성이가 배가 고플 것 같아 먹을 것을 사다 줄 요량으로 집을 나선 맹구 씨! 주머니에는 손자 추석빔이라도 사 입힐까 하고 참깨 두 말 판돈이 고스란히 남아 있다.

　방향감각도 모른 채 밖에 나와 슈퍼를 찾는 중에 충북 번호판을 단 차량이 보였다. 작업복을 입고 커다란 짐짝을 내리는 젊은 이가 퍽 대견해 보였다. 다행히도 짐을 다 내리면 바로 나간단다. '그럼 같이 가자'며 얼른 우유와 빵을 사서 들고 콘도로 돌아왔다.

　"규성아. 혼자 있어도 괜찮지. 할아버지 지루해서 저 위 바닷가에 갔다 올 테니 이것 먹고 혼자 있으련?"

　"네 할아버지 염려 마세요. 저는 게임이 더 재미있어요."

　"그럼 문 잘 잠그고 있어야 한다. 모르는 사람에게는 절대 열어

주지 말고” “할아버지도 참, 제가 어린아이인 줄 아세요.”

맹구 씨는 요금도 물어보지 않고 무턱대고 차에 올라탔다. 오로지 어서 그곳을 벗어나 아내가 잠들어 있는 호무골에 가야겠다는 일념뿐이었다.

맹구 씨를 실은 용달 차량은 고속도로가 밀리자 문막을 지나서 국도로 접어들었다. 누렇게 익은 벼들이 고개를 숙이고 있는 모습은 참으로 풍요로웠지만, 눈에 들어올 리 없다.

“기사 양반 오늘 명절인데 제사는 지냈수?”

“네, 첫새벽에 지내고 나왔어요. 그런데 어르신은 어떻게 혼자서 이곳까지?”

“아, 나요. 장사하는 사람이 어디는 못 다니겠수. 어제 크게 한 건 했수다. 내 오늘 요금은 서운치 않게 주리다.”

“아니에요. 어차피 집에 가는 길입니다. 그보다 시장해 보이는데 뭐 좀 드시고 가지요. 저도 배가 고프네요.”

그리고 보니까 이미 점심때가 지나 있었다.

“기사 양반 여기에 우리 아들 전화번호가 있을 텐데 전화 좀 걸어주구려”

핸드폰을 건네받은 용달차 기사가 몇 번이나 전화를 걸어도 받지를 않는다.

“전화를 받지 않습니다. 하실 말씀 있으면 제가 메시지 보내드릴게요.”

“뭐 다른 이야기는 없고, 그저 잘 쉬다 오라는 말 밖에는,”

주천을 지날 무렵 장사를 하는 기사식당이 눈에 들어왔다.

"우선 목이 말라 그러니 막걸리 있으면 한 병 주고 뭐 먹을 것 좀 주슈."

주인 여자는 말 떨어지기 무섭게 막걸리 한 병과 두툼한 부침개 접시를 들고 왔다.

"시장하신가 봐요. 마침 제사 지내고 남은 음식인데 그냥 드세요. 점심은 바로 준비해 드리겠습니다."

막걸리 한 병을 더 청해 마신 맹구 씨는 기분이 조금씩 풀리기 시작했다.

안전띠를 맨 맹구 씨의 고개가 왼쪽으로 기우는가 싶더니 어느새 드르렁거리며 코를 골기 시작했다. 조금 전까지 찌푸렸던 기색은 전혀 찾아볼 수 없는 평온한 얼굴이다.

"여보! 여보! 아버님께서 문자메시지를…."

"무슨 소리야 사드린 휴대폰도 제대로 못쓰시는 분이 어떻게 문자메시지를?"

"이것 보세요. 아버님 성함이 찍혀 있잖아요?"

–아범아! 잘 쉬었다 오너라–

고성을 향해 달리던 차 안에서 문자메시지를 확인한 영달이의 얼굴이 일그러지는가 했더니 다음 순간 끼익 하는 마찰음과 함께 비상등을 켜고 유턴한다. 가속페달을 힘껏 밟으며 마치 짐승처럼 울부짖는다.

"아버지, 잘못했습니다. 용서해주세요. 아버지!"

(2006. 8. 중부매일)

아내의 얼굴

아침에 일어나면서 시계를 찾았다. 항상 머리맡에 놓여 있던 시계는 분명히 8시 20분을 가리키고 있었다. 아니 벌써 시간이 이렇게 되다니!

"이런 낭패가, 봉선이 엄마! 어디 있어. 진작 깨우지 않고…."

아내를 찾았으나 어디에 있는지 대답이 없다.

바쁘고 가난한 살림에 쪼들려 아내와 둘이서 호젓한 여행 한번 다녀보지 못하고 살아온 10년 세월이다. 마음만 먹으면 못 할 것도 없겠지만, 농촌 생활이란 것이 눈만 뜨면 들에 나가서 농사일해야 하는 실정이고 또 사실상 마음 놓고 집을 떠날 수 없는 것이 우리 농촌의 현실이기도 하다.

호사다마라고 하던가.

벼르고 별러서 올해 결혼 10주년 기념일에는 서울에 있는 63빌딩을 구경시켜 주겠다고 아내에게 큰소리치고 카메라에 필름까지 넣어 놓았었다.

아내는 이미 이렇게 될 줄 예견이라도 한 듯, 하던 못자리나 마저 마치자며 미적거리는 것을 올해만큼은 그냥 넘어갈 수 없으니 가자고 막무가내로 우겼다. 그제야 대학교에 다니는 시누이 운동화를 빌려서 세탁을 하고 장롱 깊숙이 처박아 두었던 선글라스까지 찾아놓고 소풍날 받아놓은 아이처럼 설레던 아내에게 실망 안겨준 생각을 하니 쥐구멍이라도 있으면 숨고 싶은 마음이다.

화장실을 가기 위해 일어서려는데 망치로 뒤통수를 호되게 얻어맞은 사람처럼 머리가 쪼개지는 것 같은 통증이 느껴졌다.

그제야 아슴푸레 어제저녁 일이 머리에 떠오르기 시작한다.

"형 못자리 다 했수?" 하는 소리에 문을 열어보니 지방 장관(이장) 재림이가 서 있었다. 마침 목도 컬컬하던 참에 구세주를 만난 것처럼 반가웠다. 손님도 오고했으니 지난 가을 군자산에 있는 할아버지 산소에 벌초하러 갔다가 따다 담은 머루술이 생각났다. 좀 가져와 보라고 했더니 순순히 한 주전자를 내왔다.

그런데 이번에는 나의 유일한 죽마고우이며 주량에는 둘째가라면 서러운 새마을 지도자 창식이가 찾아왔다.

"이게 웬 호박 넝쿨이야, 오라! 그리고 보니까 이 친구 이장(里長) 불러서 짬짜미하는 거 아냐?"

예의 그 낙천적인 해학이 터져 나왔다.

"이거 지도자 몰래 술 얻어먹다 걸렸으니 내일 아침 신문에 대문짝만하게 나는 것 아니우?"

나이가 조금 적은 이장(里長) 재림이가 역시 농으로 응수한다.

"요즘 춘풍낙성(春風落星. 그런 말이 있는지 모르지만)이란 말일세. 이 따뜻한 봄날에 한성부윤이 떨어지지 않나 형조판서가 날아가질 않나, 별들이 무더기로 떨어지는 판국에 여기라고 무사할 것 같은가.”

“형, 우리가 올라갈 게 있수, 떨어질 게 있수?. 그렇게라도 신문에 나 봤으면 좋겠수. 그런 시시껄렁한 얘기 그만하고 술이나 들어요.”

“음, 아무려면, 후래자 삼배(後來者三杯)라고 했겠다.”

창식이는 말을 마치자마자 아내가 내온 잔에 성급하게 석 잔이나 따루어 마신다.

“카! 빛깔 좋고, 향수 좋고….”

“이 사람 좀 천천히 마셔, 무슨 난리 쳐들어오나?”

그제야 우리를 의식한 듯,

“이 의리 없는 친구들 같으니, 나는 이런 줄도 모르고 매운탕 끓여 놓고 부르러 왔으니 …”

“형 어디서 고기 잡았수. 형한테 잡힌 고기가 오죽할까?”

“야. 나는 뭐 고기도 못 잡는 줄 알아. 믿기지 않으면 그만둬”

“그러면 전화 걸어서 이리로 가져오라고 하면 되잖수?”

“그럴 것 같았으면 내가 뭣 하러 예까지 왔겠나. 우리 전화가 고장이 나서 내가 이렇게 데리러 왔는데 의리 없이 나만 따돌리고 말이야.”

“형 그러면 내가 갔다 오지 뭐.”

“아, 아니야 그럴 것 없이 우리 집으로 가자고.”

주전자가 다 비워지자 먼저 일어선 창식이가 ‘여러 가지 술로

짬뽕하면 몸에 해로우니까 기왕지사 마시던 술이 어떠냐?'며 나를 쳐다본다.

결국, 머루술 한 주전자를 더 **빼앗긴** 아내의 이마에는 서서히 석 삼(三)자가 그어지고 있었다. 게슴츠레한 눈으로 내려다보는 나를 향해 '주정뱅이 못난 낭군님 오늘은 제발 조금만 마시고 일찍 오세요.'라는 듯 쳐다보는 눈매가 무서워 쫓기듯 얼른 창식이네 집으로 향했다.

주전자를 든 창식이가 의기양양하게 앞장서서 저만큼 가고 있었다.

선뜻 들어와야 할 매운탕의 향기는 잘 발달한 내 후각에 좀처럼 잡히질 않았다. 얼마 후 상을 들고 들어온 솔이 엄마가 빙그레 웃으며 창식이를 흘겨본다.

"매운탕은 무슨 매운탕이에요. 이이가 괜히 머루술이 더 먹고 싶으니까…."

설마 하고 냄비뚜껑을 열어 본 재림이와 나는 그제야 창식이한데 속은 것을 알았다. 이제껏 기다리고 또 그 힘들여 따온 머루술까지 한 주전자 빼앗긴 것을 생각하니 울분(?)을 금할 수가 없었다.

"솔이 아빠! 꿩 대신 닭이면 어때? 어차피 주전자는 비워줘야 할 것 아냐. 그러니까 매운탕 대신 닭볶음탕으로 하면 훨씬 나을 것 같구먼."

결국, 기름이 반지르르 흐르는 창식이네 씨암탉 한 마리가 끼익 소리 한번 지르지 못하고 솥뚜껑 감투를 써야 하는 가련한 신세가 되고 말았다.

"이만하면 과히 밑진 장사는 아니렷다." 하는 내 말에 모두 배를 잡고 박장대소를 한다.

창식이네 집에서 2차로 끝났으면 좋았을 것을 우리는 재림이가 이끄는 대로 택시를 불러 타고 읍내 있는 단골 순댓집 해동옥 문을 어깨로 밀고 들어가자 수다쟁이 마담이 우리를 반겼고….

여자들은 밤에 보면 모두 미인이라고 하던 고등학교 때 국어 선생님 말씀이 떠올라 눈을 크게 뜨고 자세히 살펴보니 평소에는 두루뭉술하던 해동댁의 모습이 오늘은 더 없이 야들하게 보였고….

거기서 일단 내 영상 속의 필름은 끊어지고 말았다. 그렇다면 그다음은? ….

아무리 애를 써도 어제저녁 화면이 더는 재생되지 않았다. 후회막급이었다.

아무튼, 지금 와서 후회한들 무엇할까만, 재림이가 원망스럽기도 했다. 아니 어쩌자고 그만하겠다는 사람들을 3차까지 시켜서 중대한 10주년 기념여행을 망치게 한단 말인가?

아니야 그도 그렇지만 창식이 때문이야 매운탕 끓여 놓았다고 유혹만 안 했어도 어제처럼 마시진 않았을 텐데….

앞으로는 절대로 술을 먹지 말아야지….

벌써 백 번도 더한 맹세를 혼자 입안으로 중얼거리고 있는데 아내가 상을 들고 들어왔다. 김이 모락모락 나는 북엇국 위에는 빨간 고춧가루가 마치 황량한 무인도처럼 떠 있고 그 옆에는 낯

익은 컵에 분홍빛 술이 반쯤 담겨있다. 어제저녁 석 삼(三)자를 긋던 뚱뚱 부은 얼굴이 아닌 또 다른 모습의 아내가 근심스러운 듯 다소곳이 앉아 있었다.

"속 쓰리지요. 어서 뜨끈한 국물 드세요. 그리고 머루술로 속도 푸시고요."

'뭐! 날 보고 또 술을 먹으라고 ….'

수저를 든 채 멀거니 쳐다보고 있는 나를 향해

"당신, 지금 다시는 술 마시지 않겠다고 다짐하고 있는 것은 설마 아니지요?"

나의 속을 꿰뚫듯 이렇게 말하며 못난 남편의 건강을 걱정하는 햇볕에 검게 그을은 아내의 얼굴, 농사일에 굵어진 손마디지만 그 어느 때보다도 곱고 아름답게만 느껴졌다.

(1997. 청풍문학)

정성이 보약

06

"어르신들 절 받으십시오."

얼굴에 주름이 깊게 팬 노인들로 가득한 널찍한 경로당, 장기를 두는 모습이 한가롭다. 한쪽에선 100원짜리 고스톱판도 벌어졌다. 매캐한 담배 연기 속에 앉아있어도 노인들은 평화롭게만 보인다. 옛날 같으면 집안 아랫목을 차지하고 앉아서 정초에 인사하러 오는 손님들 맞기에 바쁘겠지만, 지금은 그런 아름다운 모습은 어디에서도 찾아볼 수 없으니 아쉽기만 하다.

어제 정월 초하룻날은 오랜만에 온 동네가 떠들썩했지만, 오늘은 대부분 젊은이가 일찍 귀경했거나 처가로 떠나갔기에 썰렁하게 느껴진다. 경로당에 오면 말동무도 많고, 노래방기계도 있고 운동하라고 러닝머신까지 있으니 할 일 없는 노인들은 이곳이 유일한 대화의 창구요, 놀이터인 셈이다. 또 안노인들이 부쳐내는 빈대떡 안주에 마시는 막걸리 맛은 목구멍에서 불이 확 나는 것 같은 양주 맛에 비길까.

30여 평 되는 널찍한 방바닥에 한 젊은이가 공손히 이마를 대고 절을 올린다. 노인회장 김 노인이 절을 하고 일어나는 젊은이의 얼굴을 찬찬히 살핀다. 젊은이라고 해도 마흔 살은 넘어 보인다.

"어르신들, 무자년 새해에는 건강하게 지내십시오."

"음! 자네 기택이 아니던가?"

"예, 어르신"

"그래 부모님께 매월 보약을 사서 부친다며? 효자일세."

"보약이 아니고 그냥 영양제입니다. 어르신"

"아, 이 사람아 영양제 먹어서 다 죽어가던 늙은이가 어떻게 저처럼 살아나나. 그러지 말고 그 약 이름 우리에게도 좀 가르쳐 주게"

기택이가 서울로 올라간 것은 20년 전의 일이다. 농촌에서 얼마 안 되는 농사지어봐야 가을에 추수해서 영농비 갚고 나면 남는 게 별로 없었다. 그러다가는 아이들 교육도 제대로 시키지 못할 것 같아 서울로 올라가 어느 회사의 임시직으로 취업했다. 비교적 늦은 나이에 취업했으니 보수가 많을 리도 없었다. 그래도 천직으로 알고 열심히 근무한 덕에 IMF 한파 때에도 살아남을 수 있었다.

몸은 서울에 있지만, 마음은 언제나 고향에 가 있었다. 돈을 벌면 고향에 내려가 전답을 장만하고 아담한 집을 지어 부모님 모시고 알뜰살뜰 살고 싶었다. 기택은 시골에 계신 부모님 걱정으로 제대로 잠을 이루지 못하는 날이 허다했다. 서울로 모셔 가고 싶어도 노인들이 극구 반대를 하기도 했지만 좁은 아파트에서 부모님을 모시기에는 역부족이란 생각에 강제로 모셔올 수도 없는 일이었다.

자신은 헐벗고 굶주리면서도 자식들을 위해서는 무엇이든 아끼는 게 없었던 부모님, 자식들 뒷바라지를 마치고 나니 남은 것이라곤 구부정해진 허리, 날이 궂거나 비가 올라치면 등이 결리고 허리가 아파져 오는 노쇠현상, 그 슬픈 현실을 바라보는 기택의 가슴은 미어지는 것 같았다.

아이들 교육비며 생활비 지출이 만만치 않았지만, 쪼개고 쪼개어 부모님 약을 매달 보내 드리곤 했는데 정말 신기하게도 아픈 허리며 다리가 씻은 듯이 나았다는 것이다. 그 소식을 전해 들은 동네 사람들이 무슨 약이기에 그리 효과가 좋으냐며 약 이름을 물어왔지만, 상표 하나 붙어있지 않은 약 이름을 알 리 없었다.

"어르신 그 약은 보약이 아니고 영양제에 불과합니다. 제가 어디 돈이 그리 많아 매번 보약을 지어 올리겠습니까?"

"아, 이 사람아 자네 아버지만 오래 살면 무엇하나? 우리도 같이 오래 살아야 말동무도 해주고 그러지. 그리고 우리가 그냥 사달라는 것도 아니고 약 이름만 가르쳐주면 사서 먹겠다는 데 가르쳐주지 못할 이유라도 있단 말인가?"

"아니, 그러지 말고 자네 이번에 올라가면 그 약을 사서 우리에게도 좀 보내주게. 돈은 달라는 대로 줄 테니…"

난감한 표정을 짓던 기택의 입에서 의외의 말이 흘러나왔다.

"실은 그 약은 저희가 어려서 먹던 영양제였습니다."

"뭐, 뭣이여 그게 참말이여?"

일순간 방안이 잠잠해지고 노인들 모두의 얼굴이 일그러졌다. 믿었던 사람으로부터 배신당했다는 느낌이 완연했다.

"그러니까 영양제를 가지고 보약이라고 속였다는 게여"

"어르신, 속이려고 했던 것은 아….."

"듣기 싫네, 이런 고약한 사람이 있나, 우리를 늙은이라고 놀리다니"

말을 동강 나게 한 노인회장의 역정이 대단했다.

"왜 그리 화를 내고 그려, 나는 그 원기소 먹고 이렇게 근력 차렸으니 보약이나 다름없어"

지금껏 침묵을 지키고 있던 기택이 아버지가 아들 역성을 들고 나섰다.

"아버지 그럼 처음부터 원기소라는 사실을…?"

"어려운 살림에 아비 생각해서 그리 정성을 쏟았는데 보약이고 말고!…"

이마를 방바닥에 조아린 기택의 눈에서는 닭똥 같은 눈물이 뚝뚝 떨어지고 그 아들을 바라보는 아버지의 얼굴에 흐뭇한 웃음꽃이 피어 나는가했더니 어느새 눈가에는 이슬이 맺히고 있었다.

(2008. 2. 청주시민 신문)

고향 친구

07

　중부내륙고속도로가 동네 앞을 시원하게 뚫고 지나가건만 내 마음은 답답하기만 하다. 그 도로 위에 길게 늘어선 차량의 거북이걸음이 답답해서도 아니고, 오늘이 추석 전날이어서도 아니다.

　'소갈머리 좁은 친구 같으니…'

　"당신은 아까부터 뭘 그렇게 혼자 구시렁거려요. 애들 오기 전에 얼른 가서 솔잎이나 좀 따다 줘요."

　좀 있으면 손자 손녀들이 들이닥칠 것이다. 명절 때는 그 녀석들 보는 재미가 제일 크다. 하지만 추석 이튿날 썰물처럼 빠져나가면 아이들 있던 자리가 더 허전하게 느껴지니 이제 나도 늙었나 보다.

　지금도 쉬는 날이 없지만 젊어서 농사일을 너무 많이 한 탓일 게다. 구부정해진 아내의 허리를 보는 마음이 가엾기만 하다. 힘들게 송편 만들지 말고 한 사발 사다 쓰자고 몇 번이나 말렸건만 아내는 요지부동이다. 자신의 손으로 송편을 만들어 먹여야만 직성이 풀리는 모양이다. 버섯 따러 다닐 때 가지고 다니던 배낭을 한쪽 어깨에 걸치고 뒷산으로 향했다.

조금 올라가자 탱근이 부모 묘소가 보였다. 올해도 처삼촌 벌초하듯 벌초가 되어있었다. 그 일이 있기 전까지만 해도 내가 벌초를 해주던 곳이다. 무엇을 바라고 한 일도 아니고, 남들처럼 수고비를 받은 적도 없다. 어찌 된 영문인지 벌초를 하러 올라와 보면 엉성하게나마 벌초가 되어 있곤 했다. 나중에 알고 보니 벌초 대행업체에 맡겨서 한 것이라고 했다.

'소갈머리 좁은 친구 같으니…'

해 넘어갈 무렵이 되자 승용차 두 대에 애들이 나뉘어 타고 들이닥쳤다. 조용하던 집안이 갑자기 활기를 띠기 시작했다. 아내는 손자 손녀 챙기기에 여념이 없다.

큰며느리가 차려온 술상 앞에 아들 둘이 앉았다. 가난하게는 살았어도 반듯하게 키우려 노력했다. 애들이 착했는지 아니면 내가 무서워서였는지 한 번도 부모의 말을 거역하지 않아서 고맙기도 했다. 두 녀석 다 좋은 대학에 보냈으면 승진을 빨리했을 것이라는 생각이 들자 애들을 똑바로 바라볼 수가 없을 정도로 내 어깨가 한없이 좁게만 느껴졌다.

"너희 역삼이 하고는 가끔 만나느냐?"

역삼이는 탱근이 아들로 우리 큰 애 대박이 하고 동갑이다.

"역삼이 아버지 사업이 잘 안 되는 것 같고 이번에 고향에 못 내려오게 될지도 모른다던데요"

"흠… 부모가 그 모양이니 원"

"네? 아버지 무슨 말씀이신지…"

"아, 아니다. 내가 공연한 소리를 했구나."

탱근이는 서울에서 꽤 돈을 벌었다. 고향에 내려올 때는 번쩍번쩍 윤이 나는 고급 승용차를 타고 왔다. 오랜만에 오는 고향이니만큼 어른들을 찾아뵙고 인사도 올리고 친구들에게 술도 한 잔 살 줄 아는 꽤 사려 깊은 친구였었다. 여름에는 시원한 냇가에 텐트를 치고 주말을 쉬어가기도 했다. 그럴 때면 족대로 고기 잡는 일이며 매운탕 끓이는 일은 으레 내 차지였다. 이웃 동네에 사는 친구들을 불러 밤이 새는 줄도 모르고 술을 마시기도 했다.

1년에 한두 차례 내려오고 하던 탱근이가 고향을 찾는 횟수가 잦아졌다. 그때마다 아내 아닌 다른 여자들을 데려오곤 했는데 사업상 같이 온 것이라 했다. 처음에는 그런 줄로만 알았는데 내려올 적마다 사람이 바뀌었다. 아무리 사업이라지만 딸 같은 애들이랑 사업을 같이 한다는 것은 이해가 되지 않았다.

그러니까 벌써 3년 전 일이다.

길이 좁기는 해도 승용차는 충분히 들어올 수 있는 길이지만 탱근이는 차를 동구 밖에 세워놓고 우리 집을 찾아왔다. 친구들이 여자들 데려오는 것을 싫어하는 눈치가 보이니까 행한 처방이리라. 하루는 탱근이 차 있는 곳에 이르자 짙게 선팅 된 차 안에 누군가 있는 기색이 보였다. 친구들은 서로 얼굴을 쳐다보며 모른 체하자는 뜻으로 고개를 끄덕였다.

그날도 들에서 돌아와 몸을 씻고 막 저녁 식사를 마친 다음이었다. 대전까지 온 김에 얼굴이나 보고 가려고 들렀단다. 무척 반가웠다. 바쁜 시간을 쪼개어 찾아온다는 게 어디 그리 쉬운 일이던가.

마침 마늘을 캐어 엮어 단 것이 있어서 아내가 헛간으로 달려가 두 접을 들고 나왔다. 한사코 사양하는 것을 아내는 굳이 나보고 들어다 실어 주라는 부탁까지 한다. 어떤 눈치를 챈 것일까. 아니나 다를까 승용차 가까이 다가가자 브레이크 등에 불이 들어왔다. 차 안에 사람이 있다는 증거가 분명했다.

"안에 누가 있는가 보네?"

"응, 우리 가게 경리야. 대전이 집인데 같이 갔다가 올라오는 길이었어."

"너 그 말 정말이지?"

어둠 속에서도 나의 상기된 얼굴이 보였을까. 아니면 내 억양이 심하게 떨려 나온 탓일까. 탱근이가 대답을 못 하고 주춤거린다. 나는 아무 말 없이 탱근이의 멱살을 잡아 느티나무 밑에다 메어꽂았다. 갑자기 당해서일까. 힘으론 나를 해 넘기고도 남을 것이지만 어쩐 일인지 어깨로 숨을 몰아쉬면서도 대적할 생각을 하지 않고 있었다.

"너 같은 놈이 내 친구라니 어이가 없다. 우리는 어려운 시기에 태어나 보릿고개를 넘으며 힘겹게 살아오긴 했지만, 아내 아닌 다른 여자들과 놀아나는 나쁜 친구는 없었다. 다 큰 애들 보기 부끄러우니 앞으론 발걸음도 하지 마라."

"……"

"할아버지! 밤 따러 언제 가요?"

초등학교 1학년 손자 녀석이 술만 마시고 있는 우리 3 부자(三父子) 사이를 파고들었다.

"그래, 그래, 따주고말고, 내일 성묘 갔다가 알밤 한 가방 주워 오자"

"네, 할아버지!"

조용하던 집안에 전화벨이 크게 울렸다.

"아, 여보세요."

"나 통근일세. 내일 내려갈 테니 어디 가지 말고 기다리게"

"내일? 혼자 오려거든 아예 그만두게"

"왜 혼자야, 우리 내외랑 아들, 며느리 손자까지 함께 내려갈 것이네. 술이나 많이 준비해놓게."

수화기를 내려놓는 나의 표정을 살피던 두 아들의 얼굴에도 빙그레 미소가 번졌다.

(2008. 9월 중부매일)

이장(里長)네 집

o8
····

   한낮의 태양이 이글거린다. 매미우는 소리가 간간히 들려오는 조용하기 그지없는 시골마을, 마치 영화 속 풍경처럼 정겹다. 구불구불한 신작로에 미루나무가 줄지어 서있는 모습은 평화롭기만 하다.

   마을과는 한참 떨어진 들녘, 강물이 양 쪽에서 모여드는 일명 합수머리, 그 한쪽 귀퉁이에서 젊은 부부가 콩밭을 메고 있다.

   "형 좀 쉬었다 하자."

   "힘들면 집에 들어가서 쉬어?"

   "아니야, 힘은 들어도 기분은 좋아"

   동철이가 호미자루를 놓고 밭둑에 있는 나무 그늘을 찾아간다. 아내의 얼굴이 무척 앳돼 보인다. 얼굴 그을까봐 모자위에 수건까지 둘렀지만 따가운 자외선을 피하기는 어려울 듯하다. 동철이가 밀짚모자를 벗어 아내에게 설렁설렁 부채질을 해준다.

   "형, 가을에 이 밭에서 콩 얼마나 수확할 수 있어?"

"글쎄, 두 가마,"

"에게게, 이렇게 땀을 뻘뻘 흘리며 일하는데 고작 두 가마니야?"

"허허 이 사람이, 잘 되어야 두 가마니이지, 가뭄이 들거나 서리가 일찍 내리면 한 가마니도 건지기 어려워"

"정말?"

"그래, 그래서 농사짓는 게 힘은 들고 소득은 없고 그렇다고"

"너무한다. 이렇게 열심히 일하는데…"

"지금은 그래도 몇 년 고생하면 우리 농촌도 잘 살 수 있을 거야. 그때는 우리 각시 강원도 산골 신랑 만난 것 후회하지 않을 거야"

"정말 그런 날이 올까?"

가난한 농촌에서 맏이로 태어난 동철이는 초등학교 졸업 후 배움의 갈증을 독학으로 풀어야 했다. 그야말로, 청경우독(晴耕雨讀)하고 주경야독(晝耕夜讀)하는 고행이었다. 앞뒤가 꽉 막힌 산골이어서 어려운 수학 공식이나 영어단어를 누구에게 물어볼 사람도 없었다. 오로지 혼자 외로운 싸움을 할 수밖에 없었다. 어렵게 중학교 과정은 마칠 수 있었으나 더 이상은 나아가지 못했다.

그 즈음 서울에서 봉사활동 온 학생들이 있었다. 남녀 합해서 열 명이었다. 마을에는 또래의 젊은이들이 있었지만 나서기를 꺼리는 편이었다. 학생들과 부락의 가교 역할은 원만한 성격의 소유자인 동철이 몫이 되었다.

"형, 마을위생 상태가 너무 엉망이에요. 하수구나 도랑 주변에 소독도 하고 정비도 좀 했으면 좋겠는데 어르신들이 허락하지 않아요. 소독을 하면 누에가 죽을지도 모르고, 가축에게도 나쁘다면서요?"

"그래, 나도 그런 생각을 했었지만 일은 바쁘고 따라주는 사람도 없고 해서 못했어. 잘 되었네. 어른들은 내가 설득할 테니 일할 준비나 하라고"

서울에서 나고 자란 서경희, 그의 눈에 비친 농촌 풍경은 지상 낙원이었다. 빌딩숲에서의 답답함, 숨이 막힐 듯한 매연을 벗어나자 딴 세상에 온 것 같았다. '맴 맴'하고 울어대는 매미소리가 더 없이 청량하게 들렸고 푸른 들판에서 불어오는 시원한 바람은 미소를 절로 머금게 했다.

몸에 익숙하지도 않은 김매기를 마친 경희가 땀으로 얼룩진 몸을 씻고 밖으로 나왔을 땐 하늘에 두둥실 밝은 달이 떠올랐다. 시원한 바람도 함께 불어왔다.

그때 고운 하모니카 소리가 들려왔다. 경희가 좋아하는 이태리 민요 '산타 루치아'였다. 세상에 태어나서 처음 듣는 음악 같았다. 음악이 황홀하거나 장엄해서는 더더욱 아니었다. 일찍이 경험하지 못한 일이기도 했다. 하모니카 소리를 따라서 한 발 한 발 다가가니 그 곳에는 놀랍게도 동철이 혼자서 은비늘이 반짝이는 강물을 바라보며 하모니카를 불고 있었다.

처음에는 놀라게 해주려고 천천히 다가갔으나 그것도 모르고 열중하고 있는 모습에 완전히 압도당하고 말았다. 다음 순간 경희는 자신도 모르게 동철의 하모니카 반주에 맞춰 노래를 부르기 시작했다.

창공에 빛난 별 물 위에 어리어
바람은 고요히 불어오누나.

누구인가 하고 깜짝 놀란 동철이 얼굴을 돌려 경희를 바라보고는 씩 웃으며 다시 하모니카 불기에 열중했다.

내 배는 살같이 바다를 지난다.
산타 루치아. 산타 루치아.

"형! 하모니카 잘 부네요. 보통 솜씨가 아닌 것 같아요?"
"언제 왔어? 그냥 이렇게라도 하지 않으면 너무 암울해서 견딜 수가 있어야지"
"너무 환상적이야. 정말 멋져, 이런 곳에 사는 사람들은 복 받은 사람이야. 그렇지 형?"
"농촌 생활이 오늘처럼 낭만만 있으면 얼마나 좋을까만 힘든 날도 많아."
경희는 서울에 돌아가서도 그날 밤 하얗게 부서지던 은빛여울을 통해 맑게 들려오던 동철의 하모니카 소리를 잊을 수가 없었다.

가을에 단풍 구경 온 경희는 동철에게 일생을 맡기기로 했다. 부모님은 어떻게든 두 사람을 떼어놓으려 했지만 뜻을 꺾지 못했다. 자식 이기는 부모 없다고 하던 말이 맞는가 보다. 그 일을 두고 마을 사람들은 호박이 넝쿨 채 굴렀다며 동철을 놀리곤 했다.

"형, 누가 오는데…"
밭머리에 바지저고리에 두루마기 입은 노인이 들어서고 있었다.
"이보시게. 젊은 양반, 이 동네 이장님네 집이 어디인가?"
물끄러미 노인을 바라보던 동철이 허리를 펴고 일어섰다.
"이 길로 쭉 가서 오른쪽으로 한참 들어가시면 허름한 싸리 대문집이 나올 겁니다. 그 집이 이장네 집입니다"
"아니, 형!"
"이장네 집을 찾고 있잖아"
"고맙네."
당시 시골에서는 무슨 일이든 하려면 이장(里長) 도장을 받아야 했다. 무슨 일인지는 몰라도 아마 이장네 집을 찾기 보다는 이장을 만나기 위해서 온 노인으로 보였다.
"형 심술이 대단하네, 나는 몰랐네?"
"심술이 아니야, 이장을 찾는 게 아니고 이장네 집을 찾으니까 그리 대답할 수밖에…"
"형 너무 심했다. 이 더위에 노인 양반에게…"
"괜찮아, 저 할아버지 바늘로 찔러도 피 한 방울 흘리지 않을

분이야"

"왜?"

"우리가 초등학교 때 친구들이랑 누구네 밭인지도 모르고 참외밭에 들어가 서리를 하다가 붙들린 일이 있었거든. 그 밭이 저 할아버지네 밭이었어. 야단맞고 풀려날 줄 알았는데 지서로 끌고 가는 게 아냐. 결국 참외 값을 호되게 물어주고 풀려날 수 있었어"

"그래도 형들이 남의 참외 몰래 딴 것은 분명히 잘못한 거잖아?"

"그때는 참외서리 하다 붙들려도 꿀밤이나 몇 대 맞고 풀려나던 때야, 지금처럼 절도 운운 그런 개념이 아니었어."

"그래도 되게 치사하다. 나 같으면 잊어버리고 말았겠다."

"아니야, 저 할아버지에게도 나 보다 두 살 많은 아들이 있었는데 우리보다 장난이 더 심했어. 그 형도 우리 밭 수박서리를 했었는데 아버지는 알고도 모른 체 하셨어."

한 30분 지났을까. 조금 전 이장네 집을 묻던 노인이 다시 돌아왔다.

"아니, 이장님이 이 근방에서 콩밭을 매고 있다고 하던데?"

"제가 이장입니다"

"아니 그럼 젊은이가 이장?"

"네, 그런데 무슨 일이신지요?"

"젊은 이장이 너무 고약하군."

"어르신께서 이장네 집을 물으시기에…"

그 모습을 지켜보던 경희는 웃음을 참지 못해 돌아서서 입을 손으로 막고 있었다.

(2014. 4.)

3부_ 허달 씨

허달 씨

이
····

허달 씨는 술이 거나하게 취하여 집으로 돌아왔다.

자연을 벗 삼아 낚시나 즐기며 여생을 보내려고 이곳 향리로 돌아온 허달 씨였으나 고향 사람들은 그의 뜻대로 편히 쉬게 내버려두지 않았다.

홍안에 고향을 떠나 서리꽃이 피어 돌아온 그에게 고향 사람들은 군(郡) 자문위원장이라는 커다란 감투를 씌워놓고 일주일이 멀다 하고 무슨 회의네 준공식이네 하면서 초청장을 보내왔다. 오늘도 허달 씨는 군민회관 건립에 관한 회의에 참석하고 돌아오는 길이다.

회관 건립에 드는 경비가 5억 원 정도 추산되었는데 정부보조는 50%뿐이다. 나머지는 자체에서 해결해야 하는데 추경예산을 두 번씩이나 해서 긁어 쓴 군에서는 땡전 고리 한 푼 내어놓을 게 없다는 군수의 설명이고 보면 모금 운동을 벌여야 하는 길밖에 없었다. 결국, 출향 인사들에게 도움을 받자는 데 합의를 하고 회의는 끝을 맺었다.

회의가 끝나자 군수는 자문위원들을 괴강의 매운탕 집으로 모셔가서 회식을 베풀었다. 그 자리에는 군수, 경찰서장, 교육장 등 군내에서는 내로라하는 일급 기관장들이 모인 자리였다.

허달 씨가 직장에 있을 때는 그렇게 높은 기관장들이 모이는 자리에는 낄 엄두도 못 내었었는데 정년퇴직하고 고향으로 돌아오자 인심 좋은 고향 사람들은 그를 유지 중의 유지로 떠받들었다.

허달 씨는 조그마한 개인회사 과장으로 정년을 맞았다. 그것도 정년을 1년 앞두고 1계급 특진해서였는데 알고 보면 허달 씨의 외아들 허대성 육군 소장의 입김이 작용했다고 사내(社內)에서는 수군수군했었다.

"위원장님 모자라는 2억 5천만 원 중 5천만 원은 군민에게 모금하고 나머지 1억 원은 출향 인사들에게 모금할 계획입니다. 그러니 위원장님께서는 나머지 1억 원에 대한 모금을 책임져 주시기 바랍니다."

술잔이 몇 순배 돌아가자 군수가 허달 씨에게 1억 원을 모금해 달라고 사정한다.

허달 씨가 회사에 있을 때는 하늘만 같던 군수였다. 중소기업 말단 계장과 군수와의 거리는 서울에서 부산까지의 거리보다도 멀게 느꼈었다. 감히 어떻게 군수하고 맞먹는단 말인가. 그런데 세상은 참 묘한 것인가 보다. 상전이 벽해되고 벽해가 상전 된다더니 그 꼴이었다. 군수를 만나기 위해 몇 번씩이나 서류봉투를 들고 찾아가도 만나주지 않던 군수 자리가 아니던가, 그렇게 하늘만 같던 군수가 허달 씨에게 "위원장님, 위원장님" 하면서 깍듯이 예의를 갖추지 않나 금테 모자를 쓴 경찰서장이 거수경례를 하지 않나 회의가 있는 날이면 이래저래 허달 씨는 기분이 좋았다.

"이보시오. 오 군수, 아니 나보고 1억 원을 모금하라니 그래 출향 인사들은 모두 군수가 모금하겠다고 하면 나는 어디 가서 손을 벌리란 말이오?"

사실 허달 씨가 알고 있는 출향 인사들이란 코 묻은 돈 몇 푼씩도 낼까 말까한 사람들이다.

"아따 위원장님! 군수 영감이 괜히 그러겠습니까. 사실 위원장님 전화 한 통화면 1억쯤이야 금방 해결될 일 아닙니까?"

"어허 서장 영감, 1억 원이 누구네 애 이름인 줄 아시오. 그리고 전화는 어디에다 한단 말이오?"

사람은 감투를 씌어놓으면 무게가 잡히는 모양이었다. 허달 씨가 제법 여유 있는 목소리로 경찰서장을 억누른다.

"따님 인기가수 닐리양에게 음반 한 장만 안 내놓은 셈 치게 하시고 허대성 장군에게는 골프장 출입 몇 번만 덜 하라고 하시면 그까짓 1억쯤이야 쉽게 해결될 일을 가지고 엄살을 떠십니까?"

1억! 아득한 숫자였다. 허달 씨가 35년 동안 회사에서 받은 월급을 한 푼 안 쓰고 고스란히 저축했다고 해도 될까말까 한 숫자였다. 하기야 닐리와 대성이가 마음만 먹으면 안 될 것도 없지만⋯⋯.

허달 씨는 초등학교밖에 졸업하지 못했다. 똥구멍이 찢어지게 가난한 집안에 태어난 것이 죄라고 할까. 어릴 적 무작정 서울로 올라가 어느 회사에 사환으로 들어가 착실하게 일을 했다. 그것이 인정을 받아 특별채용 된 것이 엊그제 같기만 하다.

허달 씨가 사환으로서 받은 수모와 냉대는 자서전을 쓰고도 남을 것이다. 당장 때려치우고 싶은 때가 한 두 번이 아니었지만 사람 좋은 허달 씨는 용케 그 어려운 고비를 잘 참아왔다. 그런데 그 허달 씨가 군 자문위원장이 되어 오늘 이 자리에 앉아있지 않은가. 술잔을 받다 보니 허달 씨 앞에 무려 네 개나 쌓여있다.

허달 씨는 자신보다 잔을 많이 가지고 있는 사람이 있나 하고 좌석을 둘러봤지만 없었다.

어느 시골 면사무소 기관장들의 술자리에서 있었던 일이라고 한다. 그날 다방에 처음으로 온 아가씨가 차 배달을 왔다. 물론 그 자리는 그곳에서는 제법 세도 꽤나 부리는 사람들의 모임이라는 것도 알았고, 어느 정도 술자리가 무르익은 다음이었다. 들어오자마자 당돌한 이 아가씨가 직함을 알아맞혀 보겠다고 선언했다. 만약 알아맞히지 못하면 하라는 대로 무엇이든 다 할 것이며 알아맞히면 자기네 다방을 곱빼기로 애용해 달라는 주문이고 보면 밑져봐야 본전이 아니라, 잘하면 공짜로 아가씨 엉덩이 구경하게 생겼는데 마다할 사람이 있겠는가.

아가씨가 술상 위를 한번 죽 훑어보더니 이 분은 지서장, 면장, 조합장, 우체국장…. 순으로 짚어나갔다. 물론 지서장도 정복이 아닌 양복을 입고 나왔고 늦게 온 때문에 가장자리에 앉아 있었다.

"이봐 아가씨! 주인한테 우리 인상착의 다 듣고 들어와서 수작 떠는 것 아냐?"

지서장이 심문하듯 예의 가재 눈으로 째려본다.

"천만 에요. 앞에 놓인 술잔을 보세요. 제일 권력이 많은 지서장 앞에 놓인 술잔이 가장 많고 그다음은 면장, 조합장, 현재 잔이 하나도 없는 분은 부릴 권력이 하나도 없는 우체국장이 분명하고…."

허달 씨는 피식 웃음이 나왔다.

"허 허 허"

"아니 위원장님 갑자기 왜 웃으십니까?"

방금 자기가 한 말이 허달 위원장의 비위를 상하게 하지나 않았나 하는 생각에 경찰서장이 흘금흘금 눈치를 살피며 묻는다.

"아 왜 웃으시긴, 1억 원을 책임지신다는 뜻이지. 여러분! 결단을 내려주신 우리 위원장님을 위해서 박수!"

군수의 선창에 따라 요란한 박수소리가 방안을 울렸다. 웃음의 내용과는 상관없이 허달 씨에게 1억 원을 떠맡기는 군수는 애초부터 기부금을 우려내기 위해서 이렇다 할 경력도 없는 허달 씨를 위원장으로 추대했는지도 모른다.

경찰서장, 군수, 교육장, 보다도 허달 씨 앞에 놓인 술잔이 더 많으니 권력이 제일 높은 사람은 허달 씨가 분명했다.

(1991. 11. 사보 '동아약보')

생일선물

○2
····

우 소심 여사는 거울을 들여다보다 말고 진한 한숨을 내뱉는다. 거울 속에 비친 자신의 모습은 윤기라곤 전혀 없는 푸석한 얼굴에 절구통만 하게 굵어진 허리, 눈가에 살포시 내려앉은 주름살, 모두가 우 여사의 비꼬인 심기에 마구 부채질을 해대기 시작했다.

잘 익은 머루알처럼 검은 눈동자, 가벼운 바람에도 나부끼던 찰랑찰랑한 머리, 미끈한 종아리 어느 하나 나무랄 데 없는 각선미를 자랑하며 사내(社內)의 인기를 독점하던 꿈 많은 소녀 우 소심양은 간 곳 없고 펑퍼짐한 가정주부가 되어버렸으니 어찌 한숨이 나오지 않을까.

장롱을 열고 이 옷 저 옷 꿰어보지만 모두 품이 작아서 맞질 않는다. 지난해 막내 시동생 결혼식 때 얻어 입은 한복을 입어보니 과히 어색하진 않았다. 우선 제일 고민거리인 허리가 얼마쯤은 감춰지고 적어도 전성기 때의 우 소심양만은 못해도 중후한 가정주부쯤으로 봐 줄 것이란 생각도 지배적이었다.

만년 과장 남편의 월급으론 주택부금 붓고 향림이와 통일이 학자금 내고 나면 남는 게 없었다. 그러니 철 따라 바뀌는 유행의 물결을 탈만큼 정신적 여유도, 문학소녀 시절의 꿈과 낭만의 나래를 펴보지도 못하고 오로지 달팽이처럼 바깥세상을 모르고 살아온 세월이었다.

지난해 비록 시 외곽이지만 25평짜리 아파트로 이사할 수 있었던 것도 우 여사의 한결같은 쥐어짜기 작전이 아니었으면 그들의 푸른 꿈은 요원하였을 것이다.

한 눈 팔지 않고 가정밖에 모르던 우 여사의 남편 양 과장이 슬슬 옆길로 빠지는 눈치가 보인 것은 벌써 여러 달 전부터였다. 처음 얼마 동안은 늦게 들어오거나 외박을 해도 별 이상스럽게 생각지 않았다.

술을 좋아하긴 해도 도박이나 여자에게는 둔감한 남편이었고 하늘이 무너지고 땅이 갈라져도 변치 않으리라고 믿어왔기에 더욱 아린 상처로 다가왔다.

"여보 나야. 오늘 우리 과 미스터 맹 어머님께서 돌아가셔서 집에 못 들어갈 것 같아. 대신 내일은 일찍 들어갈게"

그런데 그날 밤 미스터 맹은 술이 만취해 우 여사네 전화벨을 요란하게 두들겼다.

"아 사모님이세요? 과장님 좀 부탁합니다."

"그이는 지금 미스터 맹 집에 …."

"아~아~제가 미스터 맹입니다. 제가 무능해서 과장님께 누를

끼쳐 드렸습니다. 과장님께 용서해달라는 전화 왔었다고 잘 말씀 드려 주십시오. 죄송합니다. 면목없습니다."

미처 이쪽의 대꾸는 듣지도 않고 수화기 저편의 목소리는 횡설수설 자기의 용건만을 말하곤 딸각 끊어졌다. 그럴 리가? 상주가 술을 마실 리도 없고…. 이튿날 퇴근한 남편을 붙들고 꼬치꼬치 따질 만큼의 어리석은 우 소심 여사는 결코 아니었다.

"옷 갈아입으세요. 밤샘하신 옷을 입고 어떻게 근무를 하셨어요. 승용차가 있었으면 집에 와서 옷을 갈아입고 갈 수 있었을 텐데. 이젠 당신 승용차가 제일 급한 것 같아요"

"그런 소리 말아요. 우리가 언제부터 승용차 없으면 못사는 시대가 되었는지 한심하다고. 쥐뿔도 없는 것들이 허파에 바람만 잔뜩 들어서 월부 차 사서 남의 차 꽁무니 들이박고 똥 마려운 강아지처럼 쩔쩔매는 꼴이라니…. 제일 급한 건 차가 아니고 우리 가족 모두의 건강이라고."

그 말이 귀에 들어올 턱이 없다. 벗어놓은 옷을 주섬주섬 들고 나온 우 여사는 행여 와이셔츠 깃에 루주라도 묻어있지 않나, 밤새 고스톱을 친 흔적은 없는가, 향수 내음 짙게 나는 타인의 긴 머리카락이라도 한 올 발견할 수 있을까 하는 한 가닥 희망을 품고 증거 찾기에 혈안이 되었다. 용의주도한 그의 남편은 진한 니코틴 냄새만을 묻혀온 채 능글능글 미소 짓고 있다고 생각하니 더욱 울화통이 터졌다.

두고 보자 언젠가는 기필코….

이제는 그 정도가 지나쳐서 숫제 회사 일을 한다고 해놓고선

외박하기가 일쑤였다. 바이어들을 만나서 저녁을 먹고 어쩌고 하다 보니까 못 들어왔다나.

우 여사의 발길은 어느새 '새봄 백화점' 여성의류 코너 앞에서 서성이고 있었다.

"사모님 들어와서 구경하세요. 어쩜 한복이 그렇게 잘 어울리세요. 아주 우리 백화점이 환하게 밝아진 것 같아요."

매장 아가씨의 입에 발린 칭찬이 싫지만은 않았다.

홧김에 무슨 짓 한다는 말이 있던가. 몇 군데의 코너를 거친 우 여사의 손에는 제법 묵직한 쇼핑 가방이 들려 있었다.

쇼핑하고 나면 갈증이 풀릴 줄 알았던 우 여사는 심한 허탈감에 빠져들었다. 오늘 아침 참고서 사달라는 통일이에게 돈 좀 아껴 쓰라고 나무란 자신이 얼마나 위선이었나 하는 자책감도 엄습해 왔다.

오늘은 평소보다 일찍 돌아온 향림이가 제 방에서 포장된 선물 상자를 들고 나온다.

"엄마 내일이 무슨 날인지 알아?"

"내일?"

"엄마 생일이잖아"

"언제 내 생일 챙겨왔니?"

"올해부턴 우리가 엄마 생일 챙기기로 했어, 이거 아빠가 엄마 드린다고 어저께 사다가 내 방에 숨겨놓은 건데."

"그게 뭔데?"

"생일 선물인가 봐, 엄마 미리 풀어보자?"

그때 전화벨이 그들 부녀의 틈새에 끼어들었다.

"여보! 나요. 그동안 정말 미안했소. 오늘 승진시험 합격자 발표가 있었는데 운 좋게 내 이름도 거기 들어있어."

"승진시험이라뇨?"

"응, 워낙 경쟁이 심해서 자신이 없었거든, 떨어지면 애들 보기도 창피하고, 그래서 도서관에서 몰래 공부해왔는데, 당신 그동안 참 잘 참아주었어. 고마워, 모두 당신 덕분이라고. 오늘은 진짜로 좀 늦을 것 같아. 과원들이 축하연을 베풀겠다고 해서 말이야, 그럼."

수화기를 든 채 멍하니 서 있는 우 여사에게 다가온 향림이가 투덜거린다.

"엄마! 무척 예쁘다. 나는 싸구려 옷만 사주시더니"

향림이의 손에는 오늘 우 여사가 사온 옷과 비슷한 예쁜 레이스가 달린 원피스가 들려 있었다.

(1993. 3. 동양일보)

참회의 눈물

○3
....

　벌써 몇 번째 들여다보는 신문일까. 아무리 들여다봐도 싫증이 나질 않는다.『전국 교육자대상(教育者大賞) 수상자』라는 제하의 기사에는 학창시절 그토록 사모했던 김사모 선생님의 이름과 많이 늙긴 했어도 옛날의 모습이 나타나는 사진이다. 뚜렷하던 그 훤한 얼굴 밑에 "초임지에 교장으로 부임. 남은 생 후학을 위해 봉사할 터"라는 소제목도 곁들여 있었다. 기사를 읽어 내려가던 서 회장은 신문을 덮고 눈을 감았다.

　'세월 참 빠르기도 하지. 그 잘 생겼던 얼굴이 이제는 백발이 희끗희끗한 교장 선생님으로 변했으니. 그때는 철이 없었어. 그 다음에 사죄라도 해야 했는데 그때 마음고생이 얼마나 심하셨을까.'

　서 회장은 사진에 입맞춤해본다. 그때 책상 위의 인터폰이 상념을 깨트렸다.

　"회장님. 최 실장 돌아왔습니다."

"들어오라고 해요."

"회장님 다녀왔습니다."

"수고했어요. 그래 어떻던가요?"

"네. 회장님. 학생들의 눈망울은 맑고 아름다웠는데 예상하신 대로 기자재는 아주 오래되고 낡은 것이 형편없었습니다. 그곳 과학부장의 말로는 인터넷도 되지 않는 구형 386 컴퓨터를 쓰고 있고 실험도구도 상당수 부족하다고 합니다."

"그럴 거야. 그래 뭐가 필요하다고 하던가요?"

"실험도구는 올해 예산에 반영되어 도교육청에서 내려올 거라고 하면서 신형 컴퓨터를 원하기에 100대 기증하겠다고 하니까 반신반의하는 눈치였습니다."

"잘했어요. 뭐든지 필요한 것이라면 해주고 싶었는데. 물론 내 이름을 밝히진 않았겠지요?"

"그럼은요. 회장님, 하지만 '기증할 분이 누구냐?'라고 어떻게나 캐어묻는지 애먹었습니다. 그리고 기증식 하는 날 각 언론사에 알리겠다며 날짜를 알려달라고 하는데 어떻게 할까요?"

"이봐요. 김 실장 내 뜻을 잘 알면서 그래요. 내 얼굴이나 알리고 우리 회사 PR하자고 하는 것 아니니까 최신형으로 계약이나 하라고 하세요."

어느덧 서 회장은 검정교복에 하얀 옷깃을 단 갈래머리 여고시절로 줄달음치고 있었다.

충북에서는 유일하게 면 소재지에 있는 목마 고등학교! 농촌

인구가 지금처럼 급격히 줄기 전인 70년대 초에는 15학급 규모를 자랑하던 남녀 공학 배움의 터전이었다. 시골 학교가 거의 그렇듯 목마 고등학교 학생들도 농촌에서 자란 학생이 대부분이었다. 그렇지만 도청 소재지나 입시 경쟁이 치열한 도시 학교에서 낙방한 학생들이 몇 명씩 유학(?) 오는 경우가 있었는데 '서윤임'이라는 학생이 그 대표적인 예였다.

도시에서 자라난 윤임이의 눈에는 매일 생경한 모습뿐이었다. 어쩌다 들녘에 지천으로 피어 있는 들꽃을 보고서도 환호와 감탄을 자아내게 했고 방과 후 강가에서 다슬기를 주우며 하늘에 두둥실 떠가는 흰 구름을 바라보는 재미도 더할 나위 없는 즐거움이었다.

한 학년을 마친 이듬해. 3. 1일 초임 발령을 받은 김사모(金思模) 교사가 부임해 온 것을 계기로 윤임이의 생활에 변화가 오기 시작했다.

2학년 국어를 가르치게 된 김 선생은 학생들에게 단연 인기 정상을 달리고 있었다. 깔끔한 외모, 건장한 체력, 능란한 화술, 그의 수업 시간에는 조는 학생이 없을 정도였다.

여학생들에겐 그가 아직 미혼이라는 점이 더욱 관심의 초점이었는데 장차 김 선생의 부인될 사람은 얼마나 행복할까 하는 질투심도 아련히 피어오르고 나름대로 김 선생의 배필로는 어떤 형의 여성이 적격자라는 제시도 나오고 있었다.

이성에 대해서 막 눈뜨기 시작하는 윤임이 또래의 여학생들에게 김 선생은 말 탄 왕자 이상의 그 무엇이었다. 물론 중병을 앓는 여학생이 여러 명 있었지만 윤임이는 그중에서도 중증의 환자였다. 텅 빈 하숙방에 돌아오면 쓸쓸함이 엄습해 와 엄마 아빠 생각뿐이었는데 이제는 배를 쭈-욱 깔고 엎드려 지금쯤 선생님은 무엇을 하고 계실까 하는 생각에 골몰하고 있을 때가 더욱 많아졌다.

아침에 학교 가기가 싫다는 생각이 들다가도 김 선생님의 웃음 짓는 얼굴을 떠올리면 생기가 나곤 했었다. 특히 국어 시간에 낭송해주는 '소월'의 시는 소녀들의 가슴을 뭉클하게 해 주고도 남았다.

"안돼! 안돼!"

속으로는 자제해야지 하면서도 윤임이는 김 선생의 하숙집 딸인 1학년 여학생을 아무도 없는 예절실에 꿇어앉히고 혹독한 벌을 주었다. 그 일이 교내에 알려지면서 윤임이는 문제 학생으로 전락하고 무기정학까지 맞게 되었지만, 문제는 거기서 끝나지 않았다.

'여자가 한을 품으면 오뉴월에도 서리가 내린다.'라고 하더니 윤임이의 가슴속에 차곡차곡 쌓인 한은 백지동맹을 주도하게 만들었다. 그 서글서글한 인상이 일그러지고, 그 당당하던 걸음걸이가 힘없이 땅만 보고 걸어가던 김 선생의 풀 죽은 모습을 보고는 박장대소를 하던 그 서윤임.

서윤임의 남편은 타고난 사업가였다. 하지만 남편 김 사장은 불행하게도 많은 재산을 남긴 채 일찍이 저 세상으로 가고 말았다. 그 사업을 물려받은 서윤임은 회사를 잘 운영해서 남편이 살

아있을 때보다 더 번창해져 재계에서는 알짜배기 회사로 소문이
나 있었다.

"김 기사 차 세워요."

"네. 안에까지 안 들어가시고….'

"아니야. 수업에 방해된다는 사실도 알아야지요."

자신들이 심어놓은 은행나무가 이제는 아름드리가 되어있었고
공부하던 교사(校舍)는 헐리고 다시 지어진 듯 말끔한 건물을 바
라보는 서 회장은 감개가 무량했다.

"회장님! 학생들이 모두 회장님만 쳐다보고 있습니다. 아마 회
장님의 미모에 반했나 봅니다."

"내가 아니라! 잘 생긴 자네들을 보고 그러는 거겠지?"

"아닙니다. 회장님"

"아무려면 호 호 호."

갈래 머리 앳된 소녀 서윤임이 아닌 국내 굴지의 재벌 서윤임
회장이 그때의 일을 회상하며 신형 컴퓨터 100대를 기증하기 위
해 찾아온 모교! 말쑥한 양복 차림의 비서실장과 무술 8단의 경
호원이 서 회장의 좌우를 천천히 따르는 모습은 권력자의 나들이
를 연상케 했다.

높은 기관에서 시찰 나온 것으로 착각한 학생들의 시선이 미모
의 이방인들에게 집중되어 있는데 그들의 가슴엔 검은 리본이 달
려있었다.

무슨 일인가 쫓아 나온 교감선생에게 컴퓨터를 기증하기 위해

내려온 회장이라고 비서실장이 설명하자 고맙다며 허리를 90도로 숙이더니 교장실로 안내한다.

'나를 알아보시기나 할까?. 사진은 전혀 늙지 않으셨던데…. 선생님을 꼭 끌어안고 용서해달라고 해야지. 아니, 다 잊으셨는지도 몰라….'

그러나 서 회장을 맞은 것은 나전 칠기에 '교장 김사모'라 쓴 명패와 국화꽃 한 다발이었다. 그것을 바라보는 서 회장의 머리가 쭝긋해지며 불길한 예감이 엄습해왔다.

"어떻게 된 일입니까?"

"워낙 귀한 분이라서 교장 선생님께서 안 계셔도 이리로 모셔야 할 것 같아서 그만"

"???"

"자율학습을 마치고 밤늦게 귀가하는 학생을 집에까지 태워다 주고 돌아오는 길에 과속으로 달려온 트럭에 그만…."

"아이쿠 맙소사! 언제?"

"바로 어제저녁입니다."

"이를 어째…."

서 회장의 얼굴이 하얗게 변하는가 싶더니 이마를 짚으며 바닥에 털썩 쓰러진다. 평소에 서두르거나 당황해 하는 일이 없던 그가 교장 선생님의 부음을 듣고 쓰러지는 모습을 보고 최 실장은 겁이 덜컥 났다. 남편 김 사장이 교통사고로 유명을 달리했을 때에도 침착하게 모든 일을 지시하고 전 사원들의 동요가 없도록 안정시키던 서 회장이 아니던가.

"회장님! 회장님"

겨우 정신을 차린 서 회장이 최 실장이 건넨 물컵을 받아드는 손이 파르르 떨린다.

"최 실장 그 기탁서 이리 주세요."

"네. 회장님."

떨리는 손으로 기탁서를 책상 위에 올려놓은 서 회장은 '교장 김사모' 라고 쓴 명패를 가슴에 꼭 끌어안고 애써 눈물을 참으며 이를 악무는 듯했으나 이내 어깨를 들썩이고 만다.

"선생님! 어째서 저에게는 참회할 기회마저 주시지 않고 떠나셨나요. 네? 흑 흑 흑."

명패 위에 방울방울 떨어지는 눈물이 햇살에 반사되어 영롱한 빛을 발하고 있었다.

(1999. 12. 충북문단)

신토불이

04
....

한가위 다음날 열리는 칠성(七星)초등학교의 동문 체육대회는 군(郡) 행사보다도 더 큰 행사로 알려졌다. 비록 면 단위 행사이지만 오만여 명의 졸업생을 배출시켰고 전직 부총리가 졸업한 명예와 전통이 있는 학교다. 또 정, 재계(政, 財界) 등 요직에 진출해 있는 동문이 많은 관계로 동문 체육대회가 열리는 날이면 이 지역 국회의원은 두말할 것도 없고 관계가 없는 도지사 경찰서장 등 시골 사람들이 하늘 같이 우러러보는 굵직한 인사들이 대거 참석한다. 그야말로 이곳 칠성면으로서는 최대 경사의 날로 손꼽히고 있다.

초등학교를 졸업 한지도 벌써 37년, 그러니까 6·25 나기 전해에 태어난 무형 씨의 동기생은 다른 동문에 비해 대체로 왜소한 편이다. 아마도 전쟁의 와중에 제대로 얻어먹지 못하고 발육한 것이 그 원인이 아닌가 싶다. 무형 씨는 운동장에 뜨겁게 달아오르는 열기와는 달리 벼를 수확한 논에 하우스 지을 걱정이 앞섰다. 빨리 상추 씨앗을 파종해야 설 대목에 출하할 수 있을 텐데….

"야 무형이 올해 농사 잘 지었어? 웬만하면 그 고생하지 말고 서울에 올라와 나 좀 도와주지그래, 돈을 주고도 마땅한 사람을 구할 수가 있어야지?"

"다시 올라갈 서울이라면 뭣 하러 내려왔겠어. 한 2~3년만 더 고생하면 농촌도 좋아질 거야"

"그럴까? 그 이야기는 이따 조용히 하고 어서 배구나 하러 나가자"

서울에서 사업하는 길준이가 무형 씨를 꼬드겼지만, 무형 씨의 굳어진 마음을 돌리지는 못했다. 초등학교 때에는 성적도 하위권에 머물고 항상 코가 흘러내려 검정교복 옷소매를 누렇게 물들이던 친구였다. 그런데 이제는 의젓한 기업체의 사장으로 성공했다. 옛날의 그 춥고 배고프던 시절은 깡그리 잊어버린 듯 배도 약간 나온 것이 사업도 원활히 돼 꽤 성공한 동문으로 알려진 친구다.

"그래. 해보면 뭣해 질게 뻔한데"

지난해에도 그랬다. 줄다리기와 배구 400M 계주가 이날의 경기 종목이었다. 한해 아우들과 치른 게임에서 줄다리기는 부인들까지 나와서 잡아당기는 억척을 보였지만 2M 여나 끌려가는 수난을 당했다. 그러면서도 어느 친구 하나 상을 찡그리는 것이 아니라 홍조가 그윽했었다. 배구경기도 한 해 후배들이 일부러 실책 해주는 바람에 고작 4~5득점을 올리는 것으로 끝을 맺었다.

그러나 한 가지 잘한 게임이 있었다.

한 팀에 4명씩 뛰는 400M 계주 장년부에서 무형 씨는 마지막 주자로 나섰다. 무형 씨가 속한 장년부는 두 해 후배에서부터 한 해 선배까지다. 스타트를 끊은 동발이가 후배들을 제치고 2등으로 바통을 넘겼다. 2번 주자 학윤이 역시 학교 다닐 때에는 뜀박질에서는 둘째가라면 서러운 발발이, 결국 마지막으로 바통을 넘겨받은 무형 씨는 죽으라 하고 달리기 시작했다. 그 옛날 청군 백군의 머리띠를 두르고 운동장을 내달리던 아련한 기억도 되살아났다. 거의 앞서 가는 두 해 아우를 앞질렀는가 싶었다. 한해 선배 주자가 운동장 트랙을 따라 뛰지 않고 대각선으로 질러와 1등으로 테이프를 끊는 것이 아닌가.

엄격히 따지자면 경기 규정을 위반한 것으로 당연히 실격되어야 마땅하다. 70년 선후배가 한마당에 어울린 경사스런 날에 그런 것을 가지고 올해 동문 체육대회 주관인 10년 아우들에게 항의한다는 것은 선배로서 체통을 잃는 행동이다. 모두 선배 진영으로 달려가 축하한다는 인사를 했다. 족제비도 얼굴이 있다더니 선배들은 맥주 한 상자를 내밀며 얼버무리는 것이 아닌가.

무형 씨의 30회 동문은 무형 씨가 전이에, 길준이가 중위 겸 공격을 하겠다고 두 팔을 걷어붙이고 들어왔다. 회사 직원인 듯한 사람이 VTR 카메라를 메고 길준이의 수비와 공격을 담기에 바빴다. 그렇지만 길준이의 공격이라고 해봐야 육중한 몸뚱이가 엉덩이만 들썩한 꼴이니 때리는 볼은 네트에 쑤셔 박기 아니면 하늘로 날아가는 볼이었다. 아무도 그의 실수를 원망하거나 질책

하지 않았다. 모두 몸이 굳어있어 만세를 부르기가 십상이다. 누가 들어간다 해도 도토리 키 재기 식이니 결과는 불을 보듯 자명해서 21:10이란 점수 차로 지고 말았다.

면민(面民)의 축제 한마당 동문 체육대회의 하이라이트 폐회식엔 한 해 동안 고향을 위해 헌신 노력한 동문에게 주는 신토불이 상(身土不二賞)이 있다. 이 상이 이번으로 7회를 맞는다. 1회 수상은 지역사회 발전을 위해 이바지한 공로를 인정받은 20회 동문인 유 면장(面長)이 받았다.

공식적으로는 총동문회에서 주는 상이기 때문에 행정기관에서 수여하는 상처럼 승진하는데 가산점이 붙는다든가 상금이 나오는 그런 혜택은 없다. 그렇지만 이 신토불이 상의 권위는 대단해서 이 상을 한번 받으면 현직 장관의 상을 받는 것보다 더한 영광으로 생각한다. 그것은 고문으로 있는 김정승(낙향한 전직 부총리를 칠성면 사람들은 굳이 그렇게 부른다.)이 하사하는 친필 휘호 "신토불이(身土不二)" 누구나 받고 싶어 하는 글씨이지만 권위가 있는 만큼 선정 또한 여간 까다로운 게 아니다.

한 해 동안 고향과 모교의 발전을 위해서 노력하였거나 지역에 큰 공장 등을 유치한 동문에게 주어지기도 해서 웬만큼 재력(財力)이 있는 사람은 꼭 그 상을 겨냥해서라기보다는 지역에 보람있는 일을 하는 동문이 늘어나고 있었다.

올해 수여될 신토불이 상을 놓고 누가 탈것인가에 대해 설왕설래 말도 많았지만, 동문회에서는 일절 정보를 흘리지 않고 있었다. 그런데 벌써 올해에는 모교에 강당을 지어주고 또 장학금도 매년 지급해 오고 있는 30회 동문인 길준이에게 주어져야 한다고 이구동성 입을 모으고들 있었다. 그래서 그런지 올해 동문 체육대회엔 회사 직원을 대동하고 내려와 점잔을 빼고 만나는 사람마다 깍듯이 인사를 하는 길준이가 아니던가.

이윽고 모두의 시선과 관심이 집중된 폐회식, 신토불이 상 수상자가 불린 순간 모두는 자신들의 귀를 의심했다. 그도 그럴 것이 이번 상은 당연히 길준이가 타게 될 것으로 생각하고 있었는데 뜻밖에 수상자는 이무형으로 밝혀졌다.

심사 경위를 발표하는 동문회장의 목소리가 띄엄띄엄 마이크를 통해 흘러나오고 있었다.

"작금 모두 조상의 뼈가 묻히고 우리들의 잔뼈가 굵어진 정들었던 고향을 떠나고 있는 서글픈 실정입니다. 오늘의 수상자인 이무형 동문도 한때는 자신의 보금자리였던 농촌을 저버리고 떠났습니다. 하지만 파란 보리밭 물결이 일렁이고 벼 이삭이 누렇게 익어 가는 우리의 칠성 들판을 꿈엔들 잊을 수가 없었다고 합니다. 송충이는 솔잎을 먹어야 살지, 갈잎을 먹고는 살 수가 없습니다. 체질에 맞지 않는 서울 생활을 청산하고 고향에 다시 돌아와 잡초 우거진 문전옥답을 가꾸어 우리 고장에서 생산된 쌀이 수라상에 오르는 영광을 되찾기 위해 불철주야 노력하고 있습니다.

돈을 많이 내고 또 정책적으로 내 고향을 위해서 일하는 것도 보람 있는 일이겠지만, 진정으로 고향을 아끼고 칠성면을 위해서 일하는 사람은 너도나도 저버리고 떠났던 칠성면으로 다시 돌아

온 이무형 동문으로 생각되어 오늘의 수상자로 정하는데 만장일
치를 보게 되었습니다.”

　“와” 하는 함성이 무형의 귀에도 어렴풋이 들려왔다.

(1993. 10. 중부매일)

탈춤놀이

05
....

오늘따라 왜 이다지도 마음이 허전할까. 젊어서는 아이들 키우는 재미가 쏠쏠했었는데 어느새 미림이의 함이 들어오고 있으니…. 이제 미림이 조차 떠나고 나면 비둘기처럼 우리 내외만 남게 될 것이다.

어느 부모 마음이 다를까마는 우리도 어떻게 하면 남들에게 뒤지지 않게 아이들 키울 수 있을까 하는 게 근심거리였었다. 혹여 다른 아이들과 다투기라도 하는 날이면 잘했건 잘못했건 단지 내가 교육자라는 이유로 모두 다 내 탓이 되어야 했다. 교직에 투신한 것을 후회하며 그때마다 아이들의 종아리를 쳐야 했고 그런 날 밤이면 어김없이 아내의 흐느낌을 들어야 했다.

그래서 그런지 위로 아들 둘은 아비가 그렇게 교육자가 되기를 원했건만 내 뜻을 따르지 않았다. 전자공학 쪽으로 눈을 돌려 지금 외국에 나가 있어 비싼 학비 대느라 내 등은 더욱 휘어지고 있다. 그런 오빠들과는 달리 외동딸 미림이는 비교적 학비가 적게 드는 교육대학을 선택해 아비 뒤를 따른다고 할 적엔 퍽 신통하고 대견했었다.

그런 미림이가 신랑감을 데리고 온다고 할 적에 같은 교직에 있는 사이인 줄 알았더니 농사짓고 있는 사람이었다. 처음에는 완강히 반대했다. 그러나 미림이가 선택한 만큼 믿어달라고 하기에 한 번 만나보는 게 좋겠다는 생각에 만나보기로 했다. 모두들 힘든 농사일이 싫다고 도시로 빠져나가는 세상에 농촌에 머물러 있다는 사실 하나만으로도 믿음직스럽다고 할까. 하긴 요즘 IMF 한파에 밀려난 실직자들이 농촌으로 돌아온다는 기사도 있지만 돌아와서 정착하기가 그리 쉽지만은 않을 것이다. 검게 그을은 얼굴이긴 하지만 옷매무새가 단정하고 초롱초롱 빛나는 눈빛, 또박또박 이어지는 논리 정연한 이론은 우리 미림이를 맡겨도 되겠구나 싶어 결심하게 하였다.

아직도 함진아비가 마당에 들어오지 않고 있는 모양이다.

사위 될 사람이 '친구들이 함 팔기를 원한다.'라고 하면서 좀 번거로워도 용서해 달라고 하기에 마지못해 승낙했다. 실랑이는 하지 않기로 했는데 아마도 친구 중에 괴짜가 있음이 분명했다.

문 앞에서 안절부절못하고 있는 아내에게 "남 보기 우세스러우니 어서 저들의 요구를 들어주라"고 다그쳤으나 별 신통한 기별이 없다. 하는 수 없이 내가 대문 밖으로 나가려 하자 "형님은 좀 가만히 계시라."라며 동생이 가로막는다.

골목 사람들 보기가 민망해서도 더는 참을 수가 없었다. 나의 괴팍한 성미를 잘 아는 아내가 더 이상은 막지를 못한다. 대문 밖

에 나가보니 놈들의 꼬락서니가 가관이다. 맨 앞에 함을 진 젊은
이는 오징어 몸통에 구멍을 내어서 뒤집어쓴 꼴이 꼭 봉산 탈춤
에 나오는 만득이 놈 같았다.

"이보시오 두부 장수 밖에서 이럴 게 아니라 안으로 들어가서
흥정합시다." 하고 불편한 심기를 억지로 누르고 예의를 차렸지
만 묵묵부답이다. "자 어서 안으로 들어갑시다"이때다 싶었는지
동생들 내외랑 조카들이 함진아비의 등을 떠미는 바람에 속절없
이 안으로 들어와 함을 벗는다.

군에서 제대하고 집에 있을 때 결혼하는 친구의 축사를 읽으러
간 일이 있었다. 시골 마을에 들어서니 우인대표(友人代表)라고
제법 큰집으로 안내되어 들어가는데 사랑방 부엌 앞에서 가마솥
에 불을 때고 있던 노인이 왁자한 소음에 흘끔 뒤를 돌아다본다.
그 모습이 어딘가 낯익었다고 생각했는데 불현듯 내 기억은 아득
한 소년 시절로 줄달음치고 있었다.

초등학교 5학년 시절 호랑이 선생님으로 소문난 우리 반 담임
강호묵 선생님이었다. 그 푸르던 패기는 어디로 가고 어느새 저
렇게 등 굽은 노인이 되어 사회 뒤편에 나앉아 있나 해서 가엾다
는 생각이 들기도 했다. 인사를 해야 할 것인가 말 것인가를 놓고
갈등이 일어났다. 최종 결단은 20여 년 전 까까머리 시절의 나를
기억 못 하실 것이란 생각에 모른 척하기로 했다. 선생님도 나를
살피시는 것 같지는 않았지만, 축사를 읽어 내려가는 나의 마음
이 편하지만은 않았다.

3일 만에 처가에 다녀온 친구의 말은 나를 기절하게 하였다. 신행 가서 처삼촌에게 들은 이야기는 강호목 선생님께서 나를 정확하게 알고 있더란다. 이럴 수가, 남보다 늦게 학업을 마치고 교사 임용 고시에 합격하여 발령 일자만 기다리고 있는 예비교사가 노(老)은사님을 모른 체하다니! 내가 과연 아이들 가르칠 자격이 있는 사람인가 하는 회의가 밀려왔다. 나는 그날 밤을 꼬박 뜬 눈으로 새우며 괴로워했다. 날이 밝으면 당장 달려가 무릎 꿇고 석고대죄해야지 하고 맹세했건만 다음 날 당숙 어른이 돌아가시는 바람에 차일피일 미루다가 까마득하게 뇌리에서 잊고 말았다. 몇 년 후 우연히 그곳을 지나다가 그때 일이 생각나 은사님을 찾았으나 이미 속죄할 길마저 없어진 다음이었다.

밖이 잠잠한 걸 보니 함을 지고 온 젊은이들이 방안으로 들어가 술상을 받은 모양이다. 불편한 내 심기를 알아차린 제수씨가 들여온 술상을 받고 있는데 사위 될 사람과 조금 전 함을 졌던 젊은이가 들어온다.

"저 장인어른 이 친구가 장인어른에게 인사를⋯." 미처 소개가 끝나기도 전에.

"선생님 저를 기억하실는지요. 무심 초등학교 2학년 때 반장을 했던 민상철입니다."

민상철? 민상철? 그래 기억하고말고!

"선생님! 저는 그때 선생님께서 덜어 주시던 도시락 맛을 지금도 잊지 못하고 있습니다. 선생님 절 받으십시오."

넙죽 엎드려 큰절을 올리는 상철의 눈에서는 닭똥 같은 눈물이 흐르고 있었다. 나도 모르게 상철의 등을 얼싸안았다. 과연 내가 절을 받을 수 있을 만큼 저들에게 잘해 준 것이 있을까 하는 후회와 함께 콧등이 시큰거려왔다.

(1999. 12. 문예충북)

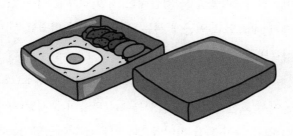

못생긴 나무

06
....

이슬이 내린다는 백로가 지났으니 기승을 부리던 잡초도 맥을 못 출 게 뻔하다. 바지런한 사람들은 조상의 산소에 벌초 마친 사람이 많은데 아직 일할 사람을 구하지 못한 김 영감의 마음은 스산하기만 하다. 이웃집 오 영감네는 이번 일요일 서울 있는 아들 삼 형제가 내려오고 인근에 사는 집안이 모여 벌초를 하기로 했다며 싱글벙글이다.

이 산 저 산 있던 산소를 한 곳으로 이장하여 봉분도 조그마하게 만들어서 모신 것까지는 잘했는데 그다음이 문제였다. 그때만 해도 김 영감 나이 환갑 전이었으니 기운이 남아돌았었는데 이제는 아니다. 몇 년 전부터 사람을 사서 벌초를 해오고 있다. 처음에는 벌초 대행 업자에게 맡겼더니 처삼촌 벌초하듯 해서 영 마음에 들지 않았다.

며칠 전 텔레비전에서는 벌초할 사람이 없어 제절은 물론, 봉분까지 시멘트로 바른 흉한 모습도 보였고, 산소 전체에 인조잔

디를 깔아서 벌초하지 않는다는 기이한 산소의 모양이 소개되기도 했다. 그 모습을 바라보던 3대 독자 김 영감, 남의 일 같지 않다. 자신이 죽으면 산소를 누가 돌보랴? 이제라도 결딴을 내려야 할 것 같았다. 옹고집으로 불리는 그는 그만큼 빈틈도 없는 사람이다. 부부가 억척같이 야산을 개간하고 노력한 덕분에 지금은 남부럽지 않을 정도지만 고생을 무척 많이 한, 타고난 농사꾼이다.

부모님의 기대와는 달리 아내는 어머니처럼 딸만 내리 셋이나 낳았다. 그때마다 낭패한 모습을 짓던 부모님의 모습을 지금도 잊을 수가 없다. 이때나 저 때나 하고 마음 졸이던 부모님 앞에 아들 낳은 아내는 개선장군처럼 당당했다. 어쩐 일인지 그 이후 아내의 생산은 중단되고 말았다.

김 영감의 아들, 인근에서는 이름만 대면 다 아는 인물이다. 중고등학교는 뒷바라지했지만, 대학교부터는 장학금을 타면서 공부했기에 돈 한 푼 들지 않았다. 대학교 3학년 때 행정고시에 합격하여 인근 고을에 이름을 떨치더니 이제는 외교관이 되어 해외로 나간 지가 십 년이 넘었다.

며느리는 다행히 손자만 둘이나 낳아주어서 5대 독자는 면했다. 그 고마운 마음 무엇에 견주랴. 가까이 있으면 손자도 안아주고 먹을 것도 사주고 싶은 노부부의 마음은 안중에도 없는 듯 가끔 손자들의 사진 보내오는 게 전부였다. 한번은 손자들을 한국에 데려다 주면 키워주겠다고 했지만 어림없는 일이었다. 국제 경쟁력을 키우려면 어려서부터 영어를 배워야 하고, 외국물을 먹어야 한다는 게 아들 며느리의 지론이었다.

눈에 넣어도 아프지 않을 것 같은 손자 녀석들 보고 싶은 마음도 이제는 저만큼 날아가는 중이다. 그 허전한 마음을 가까이 있는 외손들이 채워주고 있지만, 외손은 남의 자식이라는 김 영감의 속마음은 변함이 없다.

삼대독자이다 보니 제사는 왜 그리 많은가. 늙은 아내에게 미안하지만 어쩔 도리가 없다. 그것도 제사지낼 사람이 많으면 덜 하겠는데 김 영감 혼자서 절하고 잔 올리고 다 하려니 어느 때는 짜증도 나고 서글픈 생각마저 들 때가 있다. 그래도 다행인 것은 기제사에는 사위와 딸이 오는 때가 있어서 좀 나은데 추석과 설 명절에는 저희도 제사를 지내야 하니 처가 챙길 여유가 있을 리 만무하다. 생각다 못해 기제사를 한꺼번에 지내자고 아내에게 제안하자 무척 좋아했다. 남들이 알면 손가락질할까 봐 그 사실은 아무에게도 알리지 않았다.

들리는 말에 의하면 기독교 신자인 이웃동네 이 모(李某) 씨는 아예 기제사와 명절 제사 모두 없애고 한식에 성묘하는 것으로 대신한다는 소문도 들렸다. 연휴 기간에 아들 며느리 손자 손녀 앞세우고 여행도 다니고 외국 나들이까지 한다나.

제사를 한꺼번에 지내기로 한 첫해 설날 아침, 제사상 앞에 꿇어 엎드린 김 영감의 눈에서는 닭똥 같은 눈물이 방울방울 떨어졌다. 고집 꺾은 것을 후회해보지만 되돌릴 만큼 어리석은 김 영감은 아니다.

"조상님이시여! 이 어리석은 후손을 용서하여 주시옵소서. 제가 무능하여 조상님께 일일이 제 올리지 못하는 점 백번 죽어 마땅하오나 시대가 변하고 사람들의 의식이 변하다 보니 어쩔 도리가 없사옵니다. 부디 너그럽게 용서하여 주옵소서."

제사를 마치고 김 영감 내외는 머리를 맞대고 유언장을 쓰기 시작했다. 지금의 이 어려움을 후손에게까지 물려주고 싶은 마음은 추호도 없었다.

"사랑하는 아들 효동아! 혹여 우리 둘 중 누가 의식이 없어 병원에 입원하게 된다 해도 연명치료는 하지 말거라. 그렇게까지 해서 오래 살고 싶은 마음은 추호도 없단다. 누가 먼저 죽을지 모르지만, 화장해서 우리 집이 내려다보이는 감칠산에 뿌려다오. 제사도 지내지 말거라. 모두가 변하는 데 죽은 사람도 변해야 한다는 게 내 생각이다. 조상님도 이해하실 게다. 모든 짐은 내가 지고 가마. ……"

일 년에 한 번 제사를 지내기 시작한 지도 벌써 삼 년이나 되었다. 이제는 혹여 오지 않을까 하고 아들을 기다리지도 않는다. 집으로 돌아오는 발걸음이 무겁기만 한 김 영감의 휴대전화가 요란하게 울렸다.

"아버지 안녕하세요. 저 효동입니다. 외국으로만 나돌아서 죄송해요. 아직 벌초 못 하셨죠?"

"아니다. 벌초 벌써 했다."

"그래요. 많이 힘드셨죠? 힘드신 것 생각하면 해외생활 접고 고향에 돌아가 부모님 모시고 살고 싶은 생각도 들어요. 아버지!"

"그, 그게 무슨 소리냐? 옛날부터 못생긴 나무는 선산을 지키지만 잘생긴 나무는 궁궐을 지킨다고 했다. 너는 국가를 지켜야 한다."

잠시나마 아들에게 서운한 마음을 품었던 김 영감은 휴 하고 가슴을 쓸어내렸다.

(2013. 9. 충북일보)

발 달린 돈

07
....

승객 476명을 태우고 제주도로 향하던 세월호! 특히 그 배에
는 수학여행 가던 단원고 학생 300여명이 타고 있었다. 그 배가
침몰하여 174명은 구조되고 사망·실종자가 302명에 이른다.
이 참사로 나라 전체가 슬픔에 잠겨있다.

소갈 씨도 마음이 어수선하기는 마찬가지이다. 자신이 주선하
는 이번 달 모임을 해야 할지 말아야할지 결정을 못하고 망설이
는 중이다.

나이 들어 할 일 없는 사람들이라 할지언정 모여서 술이나 먹
고 희희낙락 한다는 것은 영 마음이 꺼림칙했다. 하지만 한번 연
기하면 두 달 후에나 만나게 된다. 내야할 회비도 그만큼 늘어나
고 부담 또한 가중될 게 뻔하다.

그래, 모여서 간단하게 식사나 하고 헤어지는 거야 어떻겠어.
사실 너도나도 슬픔에 잠겨서 바깥출입을 꺼린다면 어려운 시장
경제는 더욱 어려워질게 아닌가. 짐짓 자신의 결정이 침체된 경

제를 활성화 시킬 수 있는 계기라도 된 듯 모임을 강행하기로 결정했다.

"자, 우리 먼저 세월호 참사로 희생된 분들의 명복을 비는 시간을 갖겠습니다. 묵념."

소갈 씨의 제의에 모두 눈을 감고 고개를 숙였다. 잠시 동안이지만 정말 희생자들의 명복을 비는 마음 간절했다. 저녁은 얼큰한 해물 탕을 시켰다. 반주로 딱 한잔씩만 하자며 소주 세병을 시켰다. 한창때 같았으면 각 1병은 거뜬하던 사람들이 나이가 들어서인지 몸을 사린다.

"박 총무! 왜 그때 농담했다가 돈 물어준 미스 김 있잖아, 그 이름이 이번 구조자 명단에 들어있어,"

"아니, 뭐야?"

"아마 제주도로 여행 가다가 그리 된 모양이야."

40년도 더 지난 그때 일을 오 전(前) 부장은 아직도 기억하고 있었다. 아니 그때는 오 대리였었다.

소갈 씨가 중견 기업 대명회사에 입사한 것은 1970년 3월이었다. 그의 나이 스물다섯, 뛰어나거나 모자람이 없는, 그저 평범한 샐러리맨으로 출발했다. 당시는 컴퓨터가 보급되기 전이었으니 모든 문서는 타자를 치던가 아니면 손으로 쓰던 시기였다.

다행히 잘 쓰는 글씨는 아니어도 또박또박 쓰는 버릇이 있어서 입사 3년 만에 경리과로 차출되는 영광을 얻었다. 좀 심한 말로 하면 떡고물이라도 떨어지던, 업자들이 음료수 병이라도 들고 오던 호랑이 담배 피우던 시절이었다.

회사의 예산은 물론 직원들의 급여, 물품 구입에서부터 지급까지 경리과 일은 복잡하기 그지없었다. 숫자에 밝지 않은 사람은 꺼려하는 부서이기도 했다.

하지만 소갈 씨는 전자계산기도 아닌 주판을 가지고 그 많은 업무를 빈틈없이 척척 해나갔다. 12월이면 직원 연말정산하기가 제일 복잡하고 까다로웠지만 싫은 내색도 할 수 없었다. 어차피 본인이 해야 할 일이기에.

업무는 빈틈없이 잘 처리했지만 가끔 익살스런 농담을 좋아했던 소갈 씨!, 한번은 총무과 오대리가 경리과에 들어왔다. 소갈 씨와는 입사 동기생이니 흉허물 없는 사이이기도 했다.

"오 대리! 지금 임원실 앞 지나오지 않았어. 부장님이 들러서 가라고 하시던데"

"그래, 무슨 일일까?"

총무부장이 찾는다는 말에 허겁지겁 되짚어 나가는 오 대리를 바라보는 소갈 씨는 회심의 미소를 짓는다.

"부르셨습니까? 부장님!"

뜬금없는 소리에 멀뚱히 바라보던 총무부장, 박 대리의 장난인 것을 알고서는 알듯 모를 듯한 미소를 짓더니,

"지금 이 길로 가서 박 대리에게 내가 좀 오란다고 하세요."

그 말은 박 대리에게 그대로 전해졌지만 박 대리는 승리감에 도취되어 거짓말이라며 믿지 않았다.

"그럼 마음대로 해, 나는 분명하게 전했으니까"

조금 있다가 인터폰이 울렸다. 총무 부장이었다.

"박 대리, 오 대리가 아무 말 안하던가?"

발바닥에 부리나케 뛰어 올라간 박 대리, 이번에는 단단히 야단을 맞겠구나! 각오를 새삼 다졌다.

"오 대리가 거짓말 하는 줄 알았지? 그럴 줄 알고 내가 오 대리하고 내기를 했거든. 자네가 바로 올라오면 내가 저녁을 사고, 오지 않으면 오 대리가 사는 것으로, 저녁 먹으러 자네도 함께 가야하네"

그날 내기에서 진 오 대리가 사기로 한 저녁 값은 당연히 소갈 씨가 계산했다. 그 이후로 더욱 돈독해진 오 대리와 소갈 씨! 그렇게 끈끈한 우정을 40년 넘게 이어오고 있는 중이다.

동료들이 어려운 일을 부탁하면 거절하지 못하는 나약한 면도 있었으나 그것은 단점이 아니라 장점이었다. 신입사원들을 알뜰히 챙기는 그의 모습은 맏형 같다는 생각까지 들게 했다.

평범하기에, 아니면 총각이어서 더욱 빛났을까? 사내(社內)에서는 소갈 씨를 점찍는 여성 사원이 더러 있었다. 그런데 어찌 된 일인지 이성에 대해서는 초연이 아니라 숙맥에 가까웠다. 알뜰살뜰 챙겨주는 자재과 미스 김에게도 따뜻한 눈길 한번 안 주는 그런 사람이었다. 그 일을 두고 구구한 억측이 난무했다.

"경리과 박 대리 뭐가 잘못된 사람 아니야?"

"글쎄, 사람이 원래 얌전해서 그런 거 아닐까?"

"아니야, 여직원들이 그렇게 따르면 싫다 좋다 맺고 끊는 게 있어야지, 저러다 결혼 못 하는 수가 있어"

"장래를 약속한 사람이 있는 것은 아닐까?"

"그럴지도 모르지"

25일은 직원 월급날이다. 지금은 통장으로 입금시켜주지만 당시에는 현금을 지급했었다. 월급날이면 술집 마담들이 외상값을 받기위해 회사 정문에 진을 치는 보기 드문 장면도 있던, 제법 살만하던 시절이었다. 은행에서 돈을 찾아오면 급여항목과 금액, 세금을 비롯한 공제금액을 기입한 봉투에 담아 나누어주어야 했다. 세금이나 공과금 등이 있어 1원짜리 동전도 필요했다. 1원짜리는 지금이나 그때에도 귀했고 사실 귀찮기도 했다. 넣어주지 않아도 아무 소리 안하는 사람이 있는가 하면 1원이라도 모자라면 고개를 갸웃거리는 사람도 있었다.

부장님을 비롯한 과장, 계장은 직접 가져다주고 나머지 직원들은 경리과에 와서 월급을 가져가고 있었다. 그 날 마지막으로 월급을 타러 온 사람은 자재과 미스 김이었다.

"미스 김! 봉급 2만원 모자랄 거야"

말없이 봉투를 받아든 미스 김은 봉투안의 돈을 꺼내어 세어본다. 그 모습을 물끄러미 바라보는 경리과 노처녀 미스 정의 눈이 빛났다.

"내가 급해서 썼어요."

"네, 맞아요."

그 말을 마치고 미스 김은 바로 경리과를 나갔다. 소갈 씨는 별생각 없이 급여 지급에 따른 뒷정리 하느라 분주했다.

이튿날 오후에 소갈 씨를 찾아온 미스 김,

"박 대리님! 내 돈 언제 줄 거예요?"

"무슨 돈을?"

"어제 한 말 그새 잊어버렸어요?"

"무슨?"

"어제 월급 적게 주었잖아요?"

"월급을 누가 적게 줘요. 세어보고 가져가지 않았나요?"

"세어보았어요. 2만원 적게 넣었다고 했잖아요?"

"그것은 내가 농담으로 한 소리에요. 어제 미스 김도 맞는다고 해놓고선."

"무슨 소리를 하는 거예요. 내가 맞는다고 한 것은 2만원 적게 든 게 맞는다고 한 것이지. 월급이 맞는다고 한 것은 아니었어요."

옆에서 그 상황을 지켜보던 미스 정의 눈초리가 가볍게 떨리고 있었다. 월급날 급여를 적게 넣는다는 것은 쉽게 납득이 가지 않는 상식이다.

"어제 저기 있던 미스 정 언니도 분명히 들었을 거예요. 한번 물어보세요."

기가 찰 노릇이었다. 소갈 씨가 그런 말을 한 것은 분명하지만 그것은 어디까지나 농담이었다. 그런데 그 농담이 진담이 되어 소갈 씨에게 날아오고 있는 것이다. 70년 대 중반 2만원이면 큰 돈이었다. 당시 소갈 씨 한 달 월급이 5만원 정도였으니 가히 짐작이 가고도 남는 일이다.

달리 방법이 있을 리 없다. 주변에 있던 사람들도 난감하기는 마찬가지, 같은 직원인데 어느 편을 들 수도 없는 노릇이고 봉투 안의 금액을 세어보지 않았으니 달리 확인할 방법도 없었다.

결국 소갈 씨는 두 달에 걸쳐 피 같은 돈 2만원을 물어주어야 했다. 다음 해 소갈 씨는 총무과로 발령을 받았다. 미스 김도 다른 지사로 전근을 가고, 그 다음은 미스 김에 대한 기억은 깡그리 지워버렸다. 물론 농담은 하늘만큼 멀리 날아가고, 말수도 현저하게 줄어들었으니 충격이 컸던 모양이다. 소갈 씨 옆에는 항상 미스 정이 있었고….

그 일을 두고 대부분의 직원들은 소갈 씨가 미스 김의 애정 공세를 거절한 보복이라고 하는 사람이 있는가 하면, 돈에 발이 달려서 걸어갔다고 우스갯소리를 하는 사람도 있었다.

그 가슴 쓰린 기억을 되살리는 소갈 씨!

'그래도 그때는 젊음이 있어서 좋았어. 미스 김의 의중을 받아드리지 못한 것은 미안했지만 어쩔 수 없는 일이었어. 제발 무사해야 할 텐데…'

빙그레 미소 짓던 모습은 사라지고 어느새 우수가 깃든다.

(2014. 5.)

눈 오는 날의 삽화

08
....

하얀 눈이 소복이 내려 쌓인 아파트 정문을 다소곳하게 걸어오
는 멋쟁이 여인, 레인코트 위에 스카프를, 머리에는 모자를 쓰고
안경까지 썼다. 외부에 노출된 피부라고는 오뚝한 콧날과 연지를
진하게 바른 입술 정도다. 나이도 알 수 없다. 치장한 것으로 봐
서는 중년을 넘었지 싶다. 경비실 안을 기웃거리더니 문을 열고
들어간다.

"아저씨!"

의자에 앉아 나른한 식곤증을 못 이겨 꼬박꼬박 졸던 갑식 씨
가 황급히 의자에서 일어났다.

"예! 누구, 계장님이 웬일로?"

"아저씨 앞으로 소포가 와서 제가 받아왔어요. 숨겨놓은 애인
있나 봐요. 그러니까 집이 아닌 직장으로 소포가 날아오지요?"

"계장님도 참, 이런 늙은이를 누가 거들떠나 보겠습니까? 농담
도 잘하시네요. 허 허 허"

대답은 그렇게 하면서도 과히 기분 나쁘지 않은 눈치다.

'나에게 소포를 보내올 사람이 없을 터인데, 더구나 집이 아닌 경비실로 보내다니?' 갑식 씨는 소포를 받아들고 들여다보았다. '보내는 사람:허운비' 주소는 청주시 상당구 현대 아파트라고만 되어있다. 상당구에 현대아파트가 어디 한둘이던가?

허운비? 전혀 감이 잡히질 않는다. 소포는 부피에 비해 가벼웠다. 혹 잘못 보내온 게 아닌가 하고 받는 사람을 살펴봐도 틀림없는 자신의 우편물이었다. 더구나 정확하게 제3 경비실 이름까지 쓰여 있는 게 아닌가.

우편물을 뜯었다. 그 속에는 목도리와 장갑이 들어있었다. 모두 손으로 한 땀 한 땀 정성 들여 뜬 흔적이 역력했다.

목도리를 집어 드는 순간 한 통의 편지가 나왔다. 일반 편지가 아니라 60~70년대에 이웃집 처녀에게 사랑의 편지를 써서 봉투도 없이 쌍 딱지 모양으로 접어 동생들을 시켜 전해주던, 그렇게 접힌 편지였다.

사랑하는 선생님!

이 편지가 도착할 때가 언제쯤일까 생각해봅니다.

함박눈이 펑펑 쏟아지는 날이면 더욱 좋으리라 생각해봅니다.

함박눈이 내리는 날이면 저는 언제나 선생님을 생각했었거든요.

선생님은 제 이름도 기억 못 하실 겁니다. 저는 선생님 가까이에 있습니다. 마음 같아서는 엎드려 큰절이라도 올리고 싶지만 그렇게 하지 못함을 용서해 주시기 바랍니다. 여고 시절 선생님을 짝사랑했었습니다. 그때는 활기 넘치는 청년이셨는데 이제 은발을 휘날리시니 제 가슴이 미어지는 듯합니다.

교장까지 하신 선생님께서 남들은 꺼리는 경비원 일을 하시는게 무척 존경스럽습니다. 다른 아파트에선 교직 출신들을 뽑지 않는다고 들었습니다. 일을 잘 하지 않을뿐더러 말도 잘 안 듣는다는 소리도 들리더군요. 하지만 선생님은 열심히 하신다고 모두 좋아한답니다.

날씨가 추워지고 있습니다. 선생님을 그리며 목도리와 장갑을 떴습니다. 야간 순찰하시는 데 도움이 되셨으면 좋겠습니다.

그럼 이만 두서없이 줄입니다. 건강 조심 하세요.

선생님을 사모했던 옛 제자 올림

'도무지 모를 일이었다. 나를 짝사랑했다니, 더구나 가까이 있다니 믿기지 않는 일이었다. 교직에 있을 때의 인기라고는 마냥 하한가를 밑돌기 바빴지 않았던가. 평교사 시절에는 학생들의 잘못이나 들춰내 벌이나 주는 생활부에 있었으니 좋아할 학생이 없었다. 내가 어슬렁거리고 학교를 배회하면 학생들이 밖을 나오지 못할 정도로 무섭다고 소문이 났었는데 나에게 호감을 느낀 여학생이 있었다니….'

참으로 꿈만 같았다. 그 좋던 시절은 어느새 고개 너머 멀리 달아나 버리고 이제 남은 것이라고는 검은 제복에 모자를 눌러쓰고 아파트 주변을 순찰하는 경비원으로 근무하고 있으니 남들이 초라하게 본 것일까?

갑식 씨가 근무하던 학교는 사립학교로 명문은 아니어도 실력이 꽤 좋은 학교였다. ROTC 육군 대위로 제대를 하고 보니 할 일이 마땅찮았다. 궁여지책으로 교련교사 시험에 합격해 사랑 여고 근무를 시작한 것이 다른 교사들보다 조금 늦은 스물여덟 살 때의 일이다.

육사 출신은 아니어도 장교로 근무하면서 몸에 익힌 절도 있는 행동과 언행은 여학생들의 몸을 움츠리게 하기에 충분했다.

지금은 교련과목이 없어졌지만, 갑식 씨가 근무할 당시에는 일주일에 2시간씩 받아야 하는 교련이 지겨워 여학생들은 가짜 환자가 많았다. 하지만 갑식 씨는 그런 환자들을 가려내는데 군에서 터득한 특별한 방법으로, 정말 아프지 않으면 교련수업을 받는 것이 더 났다고 할 정도로 일가견이 있었다.

한번은 환자가 많이 나오자 따로 이름을 적고 그 다음 날 방과 후에 그 학생들을 집합시켜 그 시간만큼 교육했는데 강도는 평상시의 배나 되었다. 그러니 가짜환자가 나올 수 없었다. 그런데 딱 한 학생, 유난히 키가 큰 학생이 매번 환자가 되었다. 다른 학생들 같으면 두어 번 남아서 그렇게 호되게 훈련을 받으면 그 다음부터는 여간 아파서는 환자로 남지 않는데 그 학생은 언제나 환자였고 방과 후에 받는 교육을 더 즐기는 듯했다.

사람에게는 육감이라는 게 있기 마련, 주의 깊게 그 여학생을 관찰했다. 3학년 3반 이진별! 나이는 다른 학생들보다 한 살 많은 열여덟 살, 가정환경이 그리 좋지 않았다. 조실부모하고 할아버지 밑에서 외롭게 생활한다는 것까지도 생활기록부에 나와 있었다.

오늘처럼 눈이 많이 오던 그날도 방과 후 교련훈련을 시키고 그 여학생을 돌려보낼 적에 눈을 맞고 가는 것이 가엾어 보였다. 자신의 아내에게 주려고 사 두었던 장갑을 끼워주고 스카프를 목에 둘러주자 감격에 겨워 눈물을 글썽이던 진별이가 떠올랐다.

혹 그 진별이가? 얼굴도 아슴했다. 지금은 거리에서 만나도 먼저 인사를 하지 않으면 모를 것이란 생각도 들었다. 지금은 진별이도 오십 고개를 넘었겠지?….

목을 잔뜩 움츠리고 관리사무실 문을 열고 들어오는 경리주임,

"소장님! 성공입니다. 제3 경비실 아저씨 이제 일도 잘하고 사람들과 다투지도 않는답니다."

"경리주임은 남자들을 꼼짝 못 하게 만드는 기술이 있단 말이야. 그나저나 제3 경비실 아저씨 제자 진짜로 맞아요?"

"소장님 제가 제자면 어떻게 그런 편지를 쓰겠어요."

"제자도 아니면서 그렇게 정성 들여 목도리를 짰어요?"

"에이 소장님! 친정아버지 드리려고 짰었는데 그만 돌아가시는 바람에…."

"경리주임은 콩트작가로 나가도 되겠어요. 퇴근 후에 한 잔 어때요?"

"어머! 졸지에 콩트작가 칭호까지. 좋아요. 호 호 호"

밖에는 여전히 함박눈이 펑펑 쏟아지고 있었다. (2007. 12.)

4부_ 도와줄게

도와줄게

이
....

기획조정실에서 보내온 자료에 의하면,

성　　명 : 허리 킴
나　　이 : 40세 전후
인상착의 : 상당한 미모를 갖춘 지적인 한국계 여성

　이런 내용뿐이었다. 달리 알아볼 방법이 없어 무작정 부딪쳐
보는 수밖에 없었다. 허리 킴을 마중하기 위해 귀빈접대용 승용
차를 끌고 공항으로 나갔다. '고국을 찾은 허리 킴을 진심으로 환
영합니다.'라는 큼직한 피켓은 당연히 내 차지였다. 탑승자 명단
을 확인하러 갔던 김 대리가 황급히 달려와 난처한 표정을 짓는
다.
　외국의 바이어들은 곧잘 복선을 깔고 일을 처리하기 때문에,
그들의 말을 액면 그대로 믿어서는 안 되는 것을 깜빡하고 말았

던 것이다. 탑승자 명단을 미리 체크하지 못한 것은 나의 큰 실수였다.

이튿날 허리 킴은 경호원의 호위를 받으며 검은색 정장 차림으로 나타났다. 찰랑거리는 금발의 머리칼은 어깨를 휘감고, 짙은 선글라스로 얼굴의 절반을 가려 그녀의 속내를 가늠하기 어려웠다. 황색 피부만 아니라면 서구인이라 해도 무방했다.

귀빈실로 안내한 다음 브리핑을 시작하려 하자, 그런 시시콜콜한 것은 생략하고 현지 공장을 둘러보고 싶다고 한다. 그 외모만큼이나 성질 또한 급하다.

충북 괴산에 있는 현지 공장은 10만 평 규모의 최첨단 시설로, 자타가 공인하는 IT 부품 생산 공장이다.

공장장의 안내로 생산라인을 둘러보는 허리 킴의 얼굴에 비웃는 듯한 묘한 표정이 스쳐 가는 것을 나는 놓치지 않았다. 저 조소의 의미는, 혹여 우리 회사를 신뢰하지 않는다는 뜻 아닐까?

시퍼런 강물이 흐르고 천길 기암절벽이 수려한 소금강, 그 둔치 '괴강'이란 매운탕 집에 마주 앉자 비로소 허리 킴이 입을 연다.

"이런 산골이 개발되리라곤 상상도 못 했는데 많이 변했군요. 소풍을 왔던 기억이 아련한데….."

"혹, 이곳을 아십니까?"

"네, 칠성면에서 중학교 다닐 때까지 자랐으니 아마 한 30년 지났지 싶습니다."

"아니, 김 과장 고향도 이쪽 아닌가?"

"네, 그렇습니다. 저도 칠성면 쌍곡리가 고향인데요."

일이 우습게 꼬여가기 시작했다. 어떻게든 끈을 잡아보려 애쓰던 중역들은 '얼씨구나' 쾌재를 부르는 눈치였다. 동향(同鄉)에 선후배 사이가 될 터이니 수출계약에 유리하리라는 것은 누구나 쉬 짐작할 수 있는 일이기도 했다.

"그럼 잘됐네, 김 과장이 모시고 고향이 얼마나 변했나 보여 드리고 뭐 찾아볼 인척이 있으면 좀 도와드리지 그래."

우리 팀장은 힘들고 어려운 일을 내게 떠넘기게 되어 다행이라는 듯 눈까지 찡긋하는 여유를 보인다.

칠성은 예전의 모습을 찾아볼 수 없었다. 눈을 지그시 감고 회상에 잠기는 듯하던 허리 킴이 갑자기 말문을 열었다.

"야, 김상필, 나 모르겠어. 나, 김수지?"

선글라스를 벗은 모습을 자세히 봐도 옛날의 모습은 하나도 없었다. 나는 당황하긴 했지만, 천천히 그 옛날 머릿속 앨범을 헤집기 시작했다.

김수지! 일명 신선옥집 딸, 어려서부터 입성이 반반하고 얼굴 윤곽이 뚜렷하던 아이, 초등학교를 졸업하고는 어디론가 이사를 가버려 그 후론 소식을 몰라 동창회 때도 연락을 취하지 못했었다.

"그래, 이제 기억난다. 그동안 뭐 하느라고 소식이 없었나 했더니 미국에 가 있었구나."

"어찌어찌 하다 보니까 미국까지 가게 되었고, 거기서 사업가 남편을 만나 결혼까지 하게 되었어. 이번에 남편은 일본제품을 알아보라고 하는 걸 나는 내 조국의 물건을 사들이겠다고 했어.”

“야, 김수지 고맙다. 그리고 대단한 애국자다. 당연히 우리나라 제품을 사들여야지 우리 회사 제품 미국에서도 알아주잖니?”

“그래 다 알고 있어. 너희 회사 재무구조 탄탄한 것도 알고, 노조도 파업도 없는 회사, 복지시설이 잘 되어있는 것도.”

“잘 알고 있구나. 친구 덕분에 나도 한 건 올리자. 이번 수출 계약 성사되면 확실하게 눈도장을 찍을 수 있거든. 꼭 좀 도와줘라.”

“그래, 알았어. 내가 확실하게 도와줄게.”

“고향 친구가 제일이구나. 고맙다.”

나는 감격한 나머지 수지를 와락 끌어안았다.

“우리 그런 시시껄렁한 이야기 집어치우고 어디 순댓집 같은데 가서 막걸리나 마시자.”

칠성에는 수지를 아는 사람이 하나도 없었다. 옛날 수지 엄마가 하던 술집, ‘신선옥’이 있던 자리쯤에는 2층 콘크리트 건물에 정육점이 들어서 있었다. 우리는 순대 한 접시에 막걸리 두 병을 시켰다.

학교 다닐 때 점심을 싸오지 못해서 점심시간이면 슬며시 밖으로 나와 물만 마셨다는 나의 말에 침울한 표정을 짓기도 했고, 수지는 술장사하는 엄마 때문에 집에 들어가기 싫어 배회하는 시간이 길었다는 이야기도 늘어놓았다. 우리는 그렇게 밤늦게까지 술을 마셨다.

나의 피나는 노력과 헌신에도 불구하고, 허리 킴은 우리 회사와 라이벌인 화성과 계약을 맺었고, 다음 주에 선적하기로 했다는 소문이 전해졌다.

수출대금 1억 달러!

딱 벌어진 입이 다물어지지 않았다. 수출을 성사시키지 못한 죄책감으로 고개를 들고 다닐 수 없었다. 차라리 고향이나 밝히지 말던가. 허리 킴이 원망스럽기 그지없었다. 나를 봐서라도 우리 회사 제품을 써달라고 한 달간을 매달렸건만 그는 사업가답게 냉정하게 선을 그은 것이다.

허리 킴이 내일 미국으로 돌아간다며 우리 회사를 찾아왔다. 이번에는 선글라스도 쓰지 않은 민얼굴에 수수한 여성으로 변신해 있었다. 무슨 일인지 사장을 면담하고 돌아가면서, 나에게는 아는 척도 하지 않아 더욱 서운한 마음이 들었다.

인사이동 철이 아니었다. 몇 사람의 발령과 함께 나도 '부장'으로 뒤늦은 승진의 영광을 얻었다.

새로 옮겨온 부서는 수출입을 전담하는 무역팀이어서 그야말로 눈코 뜰 새 없이 바빴다. 팀에서 승진 파티가 있던 날이었다. 술자리가 제법 무르익어 갈 무렵, 국외 무역담당 배 이사가 내 곁으로 다가 와 속삭였다.

"김 부장! 자네가 옆에 있으니 든든해. 내년 1억 달러 수출 계약은 이미 성사된 거나 마찬가지일세. 글쎄 허리 킴이 수입계약 상대자가 서 부장이 아닌 김상필 부장이면 무조건 오케이 하겠다고 했다 거든….”

　그렇다면 이번 인사가…. ‘야 김수지, 수출계약 성사시켜달라
고 했지, 언제 승진하는 것 도와달라고 했냐?’ 그 말을 듣고 있자
니 화장실에 다녀오면서 손을 씻지 않은 것처럼 찜찜했다.

　당당한 승진은 아니란 생각은 들었어도 여기저기서 마련해준
축하연 자리에 꼬박꼬박 참석했고, 승진 턱 내는 일도 게을리하
지 않았다. 거의 한 달 동안은 술에 절어 살았다고 해야 맞을 정
도였다.

　“김 부장! 김 부장! 이 기사 좀 봐, 처음에는 우리 회사를 목표
로 접근한 것 같은데, 김 부장 때문에 화성을 공략한 것 같네. 천
만다행일세. 고향 친구라고 많이 도와준 셈이네.”

　출근하자마자 배 이사가 호들갑을 떨며 건네 준 신문 기사에는
「그룹 ‘화성’ 희대 사기극에 휘말렸다」라는 머리기사와 ‘70~80년
대 일어나던 사기가 21세기에도’라는 소제목이 눈에 확 들어왔
다.

　나는 눈앞이 아득해져 그 자리에 털썩 주저앉고 말았다.

(2009. 9. 동양일보)

새내기 작가

o2
····

    수화기를 놓으면서도 백 대리는 모든 시선이 자신에게로 집중되지나 않나 하고 흘금흘금 주위를 살핀다.

    "원고 독촉인 모양이지?"

    "네 '월간한강' 잡지사 기자에요."

    "이젠 백 대리도 서서히 부상하는구면. 독촉을 받을 정도로 원고 청탁이 밀리고 말이야."

    "백 대리님 지난번 원고료 아직도 안 나온 모양이죠. 고료 나오면 한 잔 사신다더니?"

    잠자코 타자기만 두드리던 미스 고가 전화 끝나기만 기다리고 있었다는 듯 지난 일을 들먹이고 나섰다.

    "미스 고, 우리 백 대리 그렇게 쩨쩨한 사람 아니야, 고료 나오면 한 잔 살 테니 기대를 하고 푹 아주 푸—욱 기다리라고."

    이번에는 박 대리가 한 수 더 떠서 거들고 나섰다.

    아니 저 사람들이 나 피 말려 가며 글 쓸 적에 뭐 보태 준 것이 있다고…….

"허 허 농담들이 지나쳐요. 마음 약한 우리 작가 선생 주머니 사정이 그리 넉넉하지 않아요."

털털한 오 과장이 측면 지원을 하고 나섰다.

지난번 원고 청탁받은 것을 자랑한 것이 이렇게 화근을 몰고 올 줄은 생각도 못 한 백 대리였다. 신인 작가들에게 들어오는 청탁이란 것이 고료가 두둑한 것은 걸릴 턱이 없고 유명 필자들이 사양하는, 이를테면 고료라고 해봐야 수고비에도 못 미치는 금액이었다.

온라인 통장에 입금된 몇 푼 안 되는 고료를 받아 든 백 대리는 이 돈으로 그동안 시간 낭비라며 백안시당하던 아내에게 보란 듯이 선물을?, 이제 아장아장 걷는 장남이자 막내인 '소망'이에게 자전거를?, 직원들 회식을 생각 안 한 것은 아니었지만, 그것은 3순위였다.

결국, 소망이 세발자전거를 손에든 백 대리는 콧노래를 흥얼거리며 집으로 직행했다. 그동안 괄시받던 아내로부터 따스한 미소를 정말 오랜만에 받고 얼마나 흐뭇해하며 보람을 느꼈던가. 그런데 이렇게 가정에 충실한 백 대리에게 직장 동료들은 고료 타서 술 한 잔 사지 않았다고 자린고비 취급하기 일보 직전에 놓인 모양이었다.

백 대리는 근 일주일 째 간이식당 '망향'에 들려야겠다고 생각하면서도 주머니 사정이 궁해 들르지 않았더니 사무실로 전화가 걸려 온 것이다.

처음에는 값싼 안주를 내놓아 별 부담 없이 술을 마실 수 있었으나 백 대리가 작가라는 사실이 알려지자 소주에서 맥주로, 땅콩에서 오징어로 격상하게 되었으니 자연 주머니 사정이 어려울 수밖에.

어느 날 고향 친구 진달이와 얼근하게 취해 '망향'에 들어섰을 때 맞아들인 사람이 민 여사였다.

깡마른 체구에 나이는 마흔이 되었을까. 백 대리의 게슴츠레한 눈에도 비록 물장사는 할망정 그 방면에 이력이 덕지덕지 붙은 사람 같진 않았다.

"아주머니도 앉으세요. 이 친구 말입니다. 작가예요. 작가! 우리 한국 문단을 이끌어 갈 문인이란 말입니다."

혀 꼬부라진 소리로 진달이가 송사리를 잉어로 튀겨서 PR하자 주인 여자의 눈이 등잔만 하게 커지는가 싶더니 반짝반짝 빛나며 의외라는 듯 백 대리를 찬찬히 뜯어보기 시작했다.

"어머! 어쩐지 처음부터 평범한 분은 아닌 것 같다 했더니 제 예감이 맞는군요."

"야 너 뻥튀기 장사하면 잘하겠다. 이제 겨우 알에서 갓 깨어난 병아리보고 한국 문단 운운하는 것은 완전히 사기다. 어서 술이나 마셔라."

백 대리의 그 말이 민 여사 귀에는 만삭이 되어 고개 숙인 곡식 쯤으로 보이기에 충분했다.

"저도 한때는 문학소녀 시절이 있었어요. 남들처럼 신춘문예 병을 앓기도 했고요. 문학의 길이 멀고 험하다는 것을 실감하고

서는 집어치웠어요. 문인이면 소설가? 시인?"

"틀렸어요. 이 친구는 수필을 써요. 수필!"

"흔히 붓 가는 대로 쓴다는…. 하지만 저는 그렇게 생각하지 않아요. 붓 가는 데로 쓴 글이 수필이라면 모든 글이 다 수필이게요. 책도 내셨어요? 선생님 제게도 책 한 권 주시면 안 될까요?"

아저씨가 어느새 선생님으로 둔갑한다.

아직 수필집을 내지 못한 백 대리는 자기 글이 실린 월간지 한 권을 갖다 주었다.

무쇠라도 녹일 것 같이 이글이글 타는 듯한 민 여사의 눈빛은 온통 백 대리의 몸과 마음을 꽁꽁 묶어 놓는 포승줄이었다. 민 여사와 같이 있으면 시간 가는 줄 몰랐다. 또 백 대리의 문학 세계를 이해해 주고 독자가 되어 날카롭게 비평할 적엔 할 말을 잃고 있을 때도 잦았다.

그런데 그 깡마른 체구 어디로 술이 들어가는지 민 여사가 마시는 술이 백 대리와 진달이 두 사람이 마시는 양보다도 많았다. 물론 그렇다고 술을 한 잔 낸다거나 값을 내려받는 일은 결단코 없었다.

"따르릉. 따르릉."

"백 대리님 전화예요 어저께 그 잡지사 기자 같아요.

"네 백남철입니다."

"저 민이에요. 어떻게 되신 거예요. 오신다고 한 날짜가 일주일도 넘었는데 …."

수화기 저편의 목소리는 애원이 아닌 원망이었다.

"아, 네. 다 됐습니다. 오늘 갖다 드리겠습니다. 그런데 원고료는 오늘 주시는 건가요?"

"무슨 말씀이신지 잘…. 먼저도 그러시더니?"

"직장 동료들이 원고료 타서 술 한 잔 사지 않는다고 하도 성화를 해서 말입니다."

백 대리는 수화기 속의 말소리가 밖으로 새어나갈까 봐 오늘도 수화기를 귀에다 바싹 붙이고 있었다.

"호, 호, 호. 연극도 잘하시네요. 그럼 우리 집으로 모시고 오세요. 제가 술 싸게 드릴게요."

"네 잘 알았습니다. 퇴근 후에 뵙겠습니다."

"백 대리 원고 다 쓴 모양이지 큰소리치는 걸 보니"

"네 오늘 원고하고 고료하고 바꾸기로 했습니다. 모두 같이 가시죠. 제가 안주 없는 술이나마 한 잔 사겠습니다."

"우리 백 대리님 공돈 생겼다고 너무 힘주는 것 아닌지 모르겠네. 호, 호, 호."

"어허 공돈이라니, 글을 쓴다는 것은 피를 말리는 고행이에요"

사무실 동료들은 모두 백 대리가 산다는 회식에 기대를 걸고 들떠 있었지만 백 대리는 지갑 속에 배춧잎(만원짜리)이 몇 장이나 있나 하고 계산하기에 바빴다.

(1992. 11. 충북시보)

제5의 방화지점은

03

남들은 가족과 함께 보내고 있을 즐거운 주말 오후, 그것도 밤 11시가 가까운 무렵 태평 파출소 전화벨이 요란하게 울렸다.

"네 태평파출소 순경 김 안전입니다. 네? 뭐라고요, 화재라면 소방서에 신고해야지요. 네, 오류동 10번지 골목 입구, 주택이 아니고 덤프트럭이라고요, 신고하시는 분의 성함은 어떻게 되시죠?"

수화기를 통해 들려온 다급한 목소리는 자기네 집 근처에 있는 덤프트럭이 불에 타고 있다는 말만 하고는 인적 사항을 묻자 딸각 끊어진다.

김 순경은 이 사실을 소장에게 보고하기 위해 다가가다가는 회전의자에 앉아 고개를 외로 꼬고 드렁드렁 코를 골고 있는 늙은 소장의 모습에 그만 멈춰 서고 말았다. 온종일 관내를 순찰하고 지금은 피곤하여 저렇게 곯아떨어져 있는데 어떻게 깨운담, 나 혼자 처리할 수도 없고 화재사건이니 우리 업무가 아니니까 모른 체해버릴까?

그러나 바로, 국민의 재산과 안녕을 지켜야 할 자신의 의무를 망각한 채 잠시나마 그런 생각을 했었다는 것에 전율이 느껴졌다. 요즘 고위 공직자들의 재산공개에 따른 국민의 원성을 누구보다도 가까이서 듣기에 잘 아는 김 순경, 어디에선가 자신의 그러한 마음을 훔쳐보는 사람이 있기라도 한 듯 얼굴이 후끈 달아올랐다.

김 순경은 일단 소방서에 연락하기로 하고 119번을 돌렸다. 그런데 소방서에서는 아직 불이 난 사실을 모르고 있었다. 위치를 알려주고는 소방서에 연락하기를 잘했다고 몇 번이나 생각했다. 자신이 게으름을 부렸으면 더 큰 피해, 어쩌면 인명피해로 이어질 질지도 모르는 일을 미리 막았다는 자부심마저도 생겼다.

"저 소장님! 오류동에서 화재신고가 들어왔습니다."

"뭐! 뭐야?"

달콤한 꿈속을 헤매던 소장이 화들짝 놀라며 반문했다.

"오류동 골목길에 주차해놓은 덤프트럭이 불에 타고 있다는 신고입니다."

"화재라면 소방서에 신고해야지 왜 파출소에?"

소장은 단잠을 깨어서인지 아니면 조금 전 김 순경이 생각한 것처럼 자기네 업무가 아니라서 인지 벌 쏘인 강아지 입 모양 잔뜩 부어올라 투덜거린다.

"국민이 급한데 그런 것 가려서 신고할 여유가 있겠습니까? 다급한 김에 가까이 있는 우리 파출소를 생각해낸 것이겠죠? 현장에 다녀오겠습니다."

"이봐 김 순경 우리 고유 업무도 아닌데 나 혼자 두고 가면 어떡하나? 요즘 강·절도들이 기승을 부리는데…. 나 혼자는 불안하단 말일세."

젊어서는 맨손으로 강도 세 명과 격투까지 해서 모두 붙잡은 경력이 있는 소장이다. 그 패기는 어디로 가고 이제 몸을 사리고 있는 늙은 소장이 가엾기까지 했지만, 업무를 뒤로 미룰 수는 없었다.

"조금 있으면 방범대원들이 순찰을 마치고 올 겁니다."

김 순경이 화재 현장에 도착해보니 육중한 15톤 덤프트럭이 시뻘건 혀를 날름거리며 달려드는 화마에 포위돼 꼼짝 못하고 불에 타고 있었다.

휘발유 통이 폭발할 위험이 있다며 사람들의 접근을 막고 소화기 통을 든 소방관들의 분주한 모습이 시야에 들어왔다. 차 주인인 듯한 젊은이가 길바닥에 퍼질러 앉아 땅을 치며 울부짖는 모습은 발악에 가까웠다.

김 순경은 화재를 제일 처음 목격한 사람을 찾았다. 그런데 뜻밖에도 제일 처음 보았다고 나선 사람은 초등학교 5~6학년 정도의 어린 남학생이었다.

김 순경의 예리한 눈을 의식해서인지 목격담을 늘어놓는 소년의 목소리가 떨린다.

공부하다가 배가 고파서 컵라면을 사러 나오다 보니까 차 밑에서 어떤 사람이 부스럭거리는 것이 보였다. 소년은 무심코 차량을 수리하는 것이려니 하고 지나쳐서 컵라면 두 개를 사 가지고 오는데 차 밑에서 불길이 솟았다는 것이었다. 마치 소년의 증언을 뒷받침이라도 하듯 소년의 손에는 컵라면 두 개가 들려 있었다.

김 순경은 다른 목격자를 찾았으나 나타나지 않았다. 김 순경은 소년의 나이와 이름, 학교를 묻고는 돌려보내고 화재 현장 부근을 샅샅이 뒤져봤으나 별 단서 될 만한 것은 찾지 못했다. 분명히 방화로 보였지만 결정적인 증거를 확보하지 못했으니 어디 가서 범인을 잡는단 말인가.

덤프트럭 방화사고가 난 일주일 후 다시 덤프트럭이 불타고 있다는 신고를 접하고 현장에 도착한 김 안전 순경은 동일범의 소행이란 생각이 머리를 스치고 지나갔다. 모여선 구경꾼 틈새에 라면을 들고 서 있는 지난번 그 소년의 모습이 김 순경의 시야에 들어왔다가는 얼른 사라지는 것이 보였다.

또다시 일주일 후 이번에도 덤프트럭 방화사건이 발생하자 태평파출소는 기절할 정도로 놀랐다. 아니 어째서 우리 관내에서만 이런 방화사건이 일어날까? 정년을 1년 앞둔 파출소장이 명예롭게 퇴직할 수 있도록 해주기 위해서가 아니더라도 덤프트럭 방화범을 잡는 것이 무엇보다도 급선무였다. 본서에서는 특별수사본부까지 설치할 것을 검토 중이라고 했다.

관찰력이 뛰어나고 유능하다고 칭찬이 자자한 김 순경, 남들이 그렇게 봐서가 아니더라도 77기 경찰공채에서 당당히 수석으로 들어온 명예를 위해서도 이번 일 만큼은 꼭 자신의 손으로 해결하고 싶었다.

해가 기울기 시작하면 관내 골목을 돌아다니며 주차해놓은 덤프트럭을 안전한 곳으로 옮기도록 지시하였고 순찰 횟수도 종전보다 배로 늘렸다. 인근에 사는 사람들은 오류동 관내의 차량 방화사건을 알고 있기 때문에 차량을 길가에 주차해놓는 일이 드물었지만, 외지에서 올라온 차량은 그런 사정을 모르고 주차하니 어쩔 도리가 없었다.

김 순경을 비웃기라도 하듯 제4의 덤프트럭 방화사건이 터지자 상부에서는 궁여지책으로 애매한 파출소장을 지방으로 좌천시켰다.

꼭 잡아야 해! 그러나 마음만 급하지 어떤 실마리도 풀리지 않았다. 범인을 잡기 위해 혈안이 돼 있는 자신들을 어디에선가 비웃고 있다고 생각하니 울화가 치밀어 견딜 수가 없었다.

김 순경은 가만히 날짜를 계산해본다. 우연인지 필연인지 모르겠지만, 토요일마다 방화사건이 터졌고…. 오늘이 35일째 되는 날이니 어쩌면 오늘 제5의 방화사건이 일어날지도…. 범인이 노리는 날이 오늘이라면 방화지점은?…. 방화지점을 표시해 놓은 관내 지도를 꺼내 들었다. 파출소를 중심으로 2km 반경에 빨간 동그라미가 그려져 있다. 분명히 오늘이야! 오늘은 꼭 막아야 해! 김 순경은 벌떡 일어나 밖으로 나왔다.

어느 지점일까? 김 순경이 골똘히 생각에 잠겨 관내를 순찰하던 중 어떤 사람과 부딪칠 뻔하고는 고개를 들었다. 이미 골목엔 어둠이 스멀스멀 기어들고 있었다. 그런데 김 순경의 앞에는 첫 번째 방화사건이 터지던 날 처음 목격했다는 그 소년이 걸어오고 있었다. 소년의 손에는 플라스틱병이 들려있었는데 김 순경을 발견한 소년이 당황하며 그 병을 뒤로 감추는 듯했다.

"어디 갔다 오니? 무얼 사 가지고 오나 보지?"

"네, 내일 미술 시간에 쓸 물감을 사 가지고 오는 중이에요"

"그래, 수상한 사람 보면 파출소에 신고하는 것 잊지 않았지?"

"그럼은요. 알고 있어요. 수고하세요."

내일? 내일은 일요일인데?….

소년이 김 순경 앞을 지나가는데 휘발유 냄새가 확 풍겨왔다. 김 순경은 뭔가 이상하다는 예감이 들어 뒤돌아서서 소년의 뒤를 따르기 시작했다. 김 순경이 뒤따르는 것을 눈치를 챈 소년은 골목을 꺾어 돌자 있는 힘을 다해 내달리기 시작한다. 뒤쫓던 소년을 놓치고 난 김 순경은 파출소로 돌아와 소년이 다닌다는 학교에 전화를 걸어서 담임선생님 전화번호를 알아내고 다이얼을 돌렸다.

"월요일은 미술 시간이 없어요. 또 미술 시간에 휘발유 쓴 일은 없었어요. 네? 수빈이요? 머리도 영리하고 참 착한 아이에요. 작년 가을에 채소장사를 하던 부모가 과속으로 달려온 덤프트럭에 모두 비명횡사하는 바람에 말수도 적어지고 허공만 쳐다보는 시간이 늘어났지요. 참 불행한 소년가장이에요. 그런데 수빈이가 무슨 사고라도 냈나요?"

"아닙니다. 잘 알았습니다."

수화기를 내려놓는 김 순경의 손에 힘이 쭉 빠지고 있었다.

(1994. 6. 사보 '신호등')

봉황과 참새

04
....

식장 입구에 내 걸린 현수막이 첫 눈에 확 들어온다. 도내에서는 회원이 제일 많은 모임이고 사진 영상의 해를 맞이하기 위해서도 이만한 준비는 필요했다. 예년 같았으면 화환이 즐비할 텐데 식장 앞이 썰렁한 것을 보면 불경기임이 틀림없다.

국민의례와 회장의 인사말에 이어 수상자의 약력과 심사 경위를 발표했다.

"먼저 간단하게 심사 경위를 말씀드리겠습니다. 여기 오신 내빈께서 더 잘 아시겠지만, 영상(映像)이란 눈앞에 보이는 사물만을 찍는 게 아니라 그 사물이 간직하고 있는 내면의 세계까지도 꿰뚫어 볼 수 있어야 하지요. 오늘 수상하는 오숙진 씨는 어떤 사물이 간직한 은밀한 세계까지도 이끌어내는 기묘한 수법으로 영상을 처리해 오셨습니다. 일찍이 국전에도 입상한 경력이 있는 작가여서 제4회 청풍영상大賞을 수여하는데 심사 위원들은 만장일치로 의견을 모았습니다."

늘 그랬다. 청풍영상大賞이라는 이름을 걸고 상을 주기는 하지만 나눠 먹기 식이라는 비난을 면치 못하고 있는 게 우리 청풍 그림자 모임의 단점이라면 단점일 게다. 미래의 영상작가를 양산하고 또 언제 훼손될지 모르는 자연을 영상에 담고 기록, 정리, 보관하는 게 우리들의 임무이기도 하다. 그 공로를 알아주는 사람도 있지만, 재정이 빈약하다 보니 충청도를 대표하는 청풍 그림자 모임이라는 이름에 걸맞은 푸짐한 행사를 못 해 온 것 또한 사실이다.

도내 각 일간지에 "제4회 청풍영상大賞 수상자 오숙진 씨에게는 상금 일백만 원과 전시회를 열어 준다는 보도 자료를 내기도 했다. 전시회 비용도 사실은 수상자가 절반은 책임을 져야 하고 상금으로 받은 돈은 모임에 다시 내놓아야만 단체의 운영이 되고 있다.

제1회 대회 때는 賞의 품격을 높이자는 의도에서 외부의 이름 있는 작가에게 주어졌다. 그러고 보니 재정상의 문제가 따랐다. 그래서 제2회 때에는 활동도 많이 하고 모임에 공로가 많은 회원을 선발해서 시상했다. 물론 상금까지 곁들여서, 그러나 그 상금은 이튿날 다시 내 손으로 돌아왔다.

"빈약한 재정을 고려해 제2회 청풍영상大賞을 수상하신 박제로 회원께서 후배 영상작가들을 위해 써 달라며 일금 일 백만원을 본 모임에 기증해 주셨습니다. 모두 박수로 환영해 주시기 바랍니다." 엄격히 따지자면 박제로 씨는 일 백만원의 성금을 청풍 그림자 모임에 기증을 한 것이지만 그 경위를 분석해 보면 총무의 말장난이라는 것쯤은 어렵지 않게 짐작할 수 있다.

제3회 청풍영상大賞 대상(對象)자를 놓고 심사 위원들은 갑론을박 끝에 초대 회장을 맡았던 김유식 전(前) 회장에게 주자고 의견이 모인 것까지는 좋았는데 정작 본인은 수상 소식을 전해 듣고도 심드렁해했다.

전시회를 준비하기 위해 수차례 작품 내놓을 것을 권유했지만 "아직 이르다"며 극구 사양한다. 겸손도 지나치면 교만이 된다고 행사준비를 하던 나로서는 서운한 일이 한둘이 아니었다. 하는 수 없이 회원들의 작품을 늘어놓고 중앙에 김유식 수상자의 몇 작품을 진열했다.

시상식에 가족들을 잔뜩 데리고 와서 상금과 패(牌), 꽃다발까지 한 아름 받은 김유식 수상자! 나에게는 수고했다는 말 한마디 없다. 수상자의 작품 앞에서만 서성거리다가 다른 작품은 안중에도 없는 친구들에 둘러싸여 빠져나가는 그의 등 뒤에서 내일은 무슨 말이 있겠지 하고 입술을 잘근 씹었었다.

하지만 일주일이 지나도 이렇다 하고 전화 한마디 없었다. 참다못해 그의 사무실을 방문했다. 조그마한 건축 회사를 가진 김유식 전 회장은 성격이 쾌할 하기는 하지만 여간 그의 속마음을 남에게 드러내는 일이 없었다.

"작품 많이 얻으셨습니까?"

빙그레 미소로 답하는 김유식 전 회장은 "때가 되었으니 어디 가서 식사나 하자"며 문을 나선다. 어쩌다 보니 점심 얻어먹으러 간 우스운 꼴이 되고 말았다. 하는 수 없이 쫄래쫄래 그의 뒤를 따라가는 수밖에, 앞서 가던 그의 발길이 손칼국수 집 앞에 멈춰섰다. 전에도 그랬다. 그가 회장을 맡고 내가 총무를 볼 때도 여간해서 점심 한 그릇 사는 일이 없었다. 어쩌다 사준다는 것이 순대 집에서 곱창 한 접시 시켜놓고 소주는 1인당 한 병씩을 비워야 일어나던 그여서 큰 기대도 안 했다. 그래도 오늘은 지난번 상금도 타고 했으니 좀 품위 있는 집으로 갈 줄 알았는데 어느 개그맨의 말마따나 "혹시나 했더니 역시나"였다.

임기 3년의 총무를 내놓고 나니 이번에는 한 계단 승진해야 한다며 나에게 사무국장이라는 총무와 별반 다를 게 없는 직함을 씌어 놓고 부려 먹는 김유식 전 회장이 얄밉기도 했다. 술잔이 몇 순 배 돌아가자 나는 술기운을 빌어 "회장님 상금 타고도 입 쓱 닦깁니까?"하고 은근히 그의 치부를 찔렀다. 그 말의 숨은 뜻을 모를 리 없을 터였다. 단체의 사무국장이란 재정 때문에 항상 고민하는 자리다. 솔직한 내 심정은 어서 김유식 전 회장이 상금을 내놓아 모임의 운영을 돕는 일이었는데 시치미를 딱 떼고 있으니 여간 답답한 일이 아니었다. 그렇다고 도(道)에서 지원해주는 문예진흥기금이 넉넉하게 나오는 것도 아니다. 지난해 지원된 기금으로는 야외촬영 행사 한 번 하니까 남는 게 없었다.

"아 그 상금! 그날 저녁 거하게 마셨지요. 그리고 남은 건 돌아오다가 짤랑짤랑 종을 흔드는 사람들이 있기에 얼만지 모르지만, 냄비에 넣고 나니 발길이 한결 가볍습디다." 이게 무슨 말인가. 그럼 그 돈을 술 마시는 데 탕진하고 나머지는 구세군 냄비에….

"하지만 일부 회원들은 회장님이 그 상금을 다시 맡기실 걸로 알고 있는데요."마치 언젠가 화보를 내기 위해 업체들을 찾아다니며 찬조금을 부탁하던 때처럼 당당하지 못한, 어눌한 말이 갈피를 못 잡고 튀어나왔다.

"상금을 줄 적에는 수상자 마음대로 써도 되는 거 아닙니까." 이 경우 '적반하장'이라는 말이 맞을까. 그와 더 말을 나눈다는 것은 시간이 아까웠다.

김유식 전 회장과는 모임이 있을 때마다 눈이 부딪치는 것조차도 피곤했다. "열 길 물속은 알아도 한 길 사람 속은 모른다."는 속담이 자주 터져 나왔고 초대 회장이면 모임의 어려운 재정을 충분히 이해하고도 남을 텐데 너무 했다는 중론이었다. 일부에서는 그런 위인을 초대 회장으로 모신 창립 구성원들의 우(愚)를 탓하기도 했다.

"다음은 수상자의 수상 소감을 듣겠습니다."

나의 소개에 단상으로 올라온 수상자 오숙진 씨,

"저에게 크나큰 상을 주신데 대하여 부끄러움을 금치 못하겠습니다. 이 상은 제가 잘해서 주는 상이 아니고 앞으로 더욱 정진하라는 격려의 채찍으로 받아들이겠습니다. 오늘 저에게 주신 과분한 상금은 청풍 그림자 모임의 발전과 미래 사진작가 발굴을 위한 기금으로 맡기겠습니다. 사실 여기 오신 모든 분에게 저녁 식사를 대접해 드리려고 몇 푼 준비해 가지고 왔는데 저녁은 너무 이른 것 같아서 그 돈 50만 원을 보탠 150만 원을 내놓겠습니다. 뜻있게 써주시면 고맙겠습니다."

박수가 진동했다. 미리 짜인 각본이 아니었는데 오늘의 수상자 오숙진 씨는 여자이면서도 너무나도 내 마음을 잘 알고 있는 듯했다. 나는 다시 상금을 마련하느라 회원들에게 특별회비 명목으로 일 인당 5만 원씩을 갹출했다. 그러자니 숨김없이 불만을 털어놓는 회원도 있었는데 오늘 수상자가 취한 행동은 내 기분을 흡족하게 해주고도 남았다.

저녁을 먹는 자리에서 오숙진 씨는 여걸처럼 자리를 옮겨 다니며 모두에게 잔을 권하고 축하주를 받아 마시며 즐거워했다.

행사 뒤에는 언제나 뒤풀이라는 2차 행사가 따라다닌다. 놀기 좋아하는 회원들이야 흘러간 노래 한 곡 멋있게 부르고 나면 가슴이 후련하겠지만 노래 시킬까 봐 전전긍긍하는 나는 보통 괴로운 일이 아니다. 당연히 그 행사에 참석해야 하지만 뒷정리한다는 핑계로 일행에서 뒤떨어지고 말았다.

그런데 오늘은 어쩐 일인지 모임이 끝나기도 전에 자리를 뜨곤 하던 김유식 전 회장이 모두 돌아간 틈을 타 "사무국장 나하고 한 잔 더 합시다." 하고 귓속말을 건넨다.

'둘이서만? 무슨 일일까…' 그때까지 뒷정리하느라 식사도 제대로 하지 못했던 나는 마지못한 척 총무를 데리고 그를 따라나섰다. 역시 허름한 순댓집에 앉자마자 큰 컵에 술을 따라주며.

"사무국장 이거 얼마 안 되지만 기금으로 써 주기 바랍니다. 지난해 탄 상금에 좀 보탠 거요. 그 자리에서 상금을 도로 내놓는다는 것은 모양새도 안 좋고 해서…. 예년 같이 형편이 좋았으면 더 내려 했는데 그놈의 IMF 한파는 나도 예외가 아니지 뭡니까. 내년은 정부가 정한 사진영상의 해라는데 행사도 많을 거고"

얼른 내용물을 확인했다. 일금 일천만 원! 입을 딱 벌린 총무가 내게 속삭인다.

"이거 실수로 다른 수표 넣은 게 아닐까요."

"글쎄 참새가 봉황의 뜻을 어찌 알겠어?"

수표 한 장을 꺼내 든 나도 총무처럼 벌린 입을 다물지 못했다.

(1998. 10. 청풍문학)

평식 씨 다시 태어나다

o5
....

"아버님! 저희가 병원 개업하면 지금 받는 월급보다 몇 배 더 나아요. 그리고 아직 젊으신데 집에서 노실 수도 없잖아요. 병원 개업 후 아버님께서 사무장을 맡아주시면 우리는 믿고 진료에 임할 수 있을 것 같아요, 지금 용암동에 자리 좋은 병원이 하나 나는데 아버님께서 도와주시면 당장 개업할 수 있습니다."

사실 그랬다. 젊음을 몽땅 국가에 바친 사람이 하루아침에 사랑방으로 내몰린다는 사실은 비참하기 그지없는 일이었다. 더구나 일벌레라는 소리를 들을 정도로 열심히 일하던 평식 씨로서는 더욱 그랬다.

퇴직을 앞두고 아내는 일시금으로 찾지 말고 연금을 신청하자고 했지만, 부부가 의사인 큰아들 내외가 뻔질나게 드나들면서 이상 기류를 타기 시작했다.

퇴직금과 집을 담보로 10억 가까운 돈을 큰아들 병원 개업하는데 투자했다. 물론 자신은 병원 재정에 관한 업무를 총괄하는 사무장이 되고, 처음에는 의술이 뛰어난 의사가 개업했다는 소문이 퍼지면서 환자들로 북적였다. 아들과 며느리는 한 건물에 신경외과와 정형외과를 나란히 개업했으니 평식 씨를 바라보는 주변의 눈은 선망의 대상 그 자체였다.

국영기업체 중견간부를 끝으로 일선에서 물러난 평식 씨는 요즈음 하늘은 청잣빛, 바람은 산들바람, 콧노래가 절로 나오는, 그야말로 새로운 세상을 사는 기분이다.

아들, 며느리가 원장이니 누가 자신에게 이래라저래라 간섭할 사람이 있겠는가. 더구나 모든 업무에 빈틈없던 평식 씨로서는 꿩 먹고 알 먹고 였다.

같이 퇴직한 사람들은 할 일이 마땅찮아 친구들을 찾아다니거나 등산 다니면서 시간을 보내려 안간힘을 쓸 때 평식 씨는 꽃 같은 젊은 사람들을 진두지휘하는 보스(?), 방사선 기사를 비롯해 물리치료사 5명 간호사 10명 등 모두 30여 명의 직원을 거느리고 있으니 신바람이 났다. 약속대로 다른 병원의 사무장보다 많은 보수를 받고 있는 것도 자랑스러웠다. 그래서일까만 옛날 동료를 불러내어 삼겹살에 소주 한 잔 마시는 일도 잦아졌다.

하늘이 일 년 내내 푸르기만 하다면 얼마나 좋을까. 때로는 마른하늘에서 우박이 내리고 천둥 번개가 친다는 사실을 어찌 짐작이나 했을까. 잘 나가던 아들네 병원에 그야말로 천둥 번개가 내리쳤다.

1년이 지난 어느 겨울날, 물리치료실 전기기구가 과열되면서 화재가 발생했다. 미처 대피하지 못한 환자 두 명이 유독가스에

질식되어 대학병원으로 옮겼으나 의식불명으로 사경을 헤매고 노인 한 명은 3도 화상을 입었다. 차라리 못할 말로 모두 죽었으면 합의 보기나 쉽지, 중환자실에 누워있으니 기가 찰 노릇이었다. 게다가 환자 가족들은 심심하면 '우리 아들 살려내라'며 병원의 집기들을 마구 부수며 난리를 치니 병원이 운영될 리 만무했다.

병원은 폐업하고 아들과 며느리는 이민을 결심하기에 이르렀고 집은 경매에 넘어가고 말았다. 그보다 더한 아픔은 곁에서 늘 자신을 보살피던 아내가 화병으로 몸져누운 사실이다. 결국, 평식 씨의 퇴직 후 청잣빛 하늘은 종지부를 찍고 말았다.

당장 아내의 약값이며 생활비가 문제였다. 큰아들 병원 개업하는데 퇴직금 쏟아 붙는 자신을 못마땅하게 여기던 다른 아들은 그럴 줄 알았다는 듯 냉담한 반응만 보일 뿐이었다. 큰아들에게 돈을 몽땅 주었으니 둘째와 셋째에게는 기댈 처지도 염치도 없다는 것쯤은 알고 있는 평식 씨였다.

과거가 아무리 찬란하면 무엇에 쓸까? 미래에는 오색찬란한 무지개가 펼쳐지고 꽃방석에 앉게 된다 한들 오늘 당장 끼니해결이 어려운데 무슨 소용이 있겠는가. 평식 씨는 자신의 전직 직함을 모조리 가슴속에 꽁꽁 묻고 남들이 꺼린다는 이른바 3D 직종인 아파트 경비원으로 취직했다. 이 경비원 자리도 경쟁률이 자그마치 5:1이나 되었다. 다행히 건강에는 자신이 있는 만큼 운 좋게 선발되었을 뿐이다.

처음에는 딸 같고 며느리 같은 젊은 엄마들이 자신을 아랫사람

대하듯 하는 언행을 보이면 어김없이 되받아치는 성깔을 부려 마찰도 잦았다. 하지만 얼마 안 가서 곧 후회하곤 하는 자신을 발견하기에 이르렀다.

자신은 아파트 주민을 위해서 이곳에 와 있는 몸, 더구나 지금 받고 있는 급여가 아파트 주민의 주머니에서 나온다는 사실을 생각하면 자신의 성격을 다스려야 한다는데 결론이 내려졌다.

'그래 죽자 죽어, 옛날의 평식이는 죽었고 지금의 평식이는 다시 태어난 것이다.'라고 생각하니 모든 게 즐거웠다.

벽면은 CCTV 모니터가 완전히 장악하고 낡은 책상 위에 얹혀 있는 구식 전화기의 벨이 요란하게 울리는 두 평 남짓 좁은 공간.

"예! 감사합니다. 5 경비실 우동길입니다. 예? 예 다시 한 번 돌아보겠습니다."

수화기를 내려놓는 우 경비원의 얼굴이 벌레 씹은 얼굴처럼 일그러진다.

"이거 원, 더러워서 어디 해 먹겠나? 금방 청소하고 왔는데 뭐가 또 지저분하다는 거야. 얼른 그만둬야지 쯧쯧쯧"

"내가 가 볼 테니 어서 퇴근해요. 시간도 다 됐구먼."

그렇게 말하는 평식 씨의 얼굴도 찬바람을 맞아서인지 발그레하다.

"아니요. 더러워도 내가 가면서 보리다. 그럼 수고하세요."

동료 우동길 씨가 퇴근하자 아침에 아내가 싸준 도시락을 경비실 좁은 책상에 펼쳐놓았다. 언제나 그렇듯 아내의 살가운 정이 느껴진다. 이때 경비실 문을 열고 아내와 둘째, 셋째 아들이 들어서고 있었다. 몇 달 전에는 둘째와 셋째가 어떻게 알았는지 경비원 자리 그만두라고 볼멘소리를 하기도 했었다. 그런데 느닷없이 며느리들까지 이곳에 오다니…. 두 아들이 경비실 바닥에 꿇어앉는다.

"아버지! 용서해주십시오. 저희는 안중에도 없고 장남만 감싸고 도는 아버지가 서운했었습니다. 이제 저희가 잘못을 뉘우치고 어머니와 상의해 전셋집을 마련해 놓았습니다. 이 직장 그만두시고 편히 쉬세요. 풍족하진 않아도 매월 생활비도 대 드리겠습니다."

"그러세요. 아버님! 그동안 마음고생 너무 많이 하셨어요. 이젠 다 잊으시고 편히 쉬세요."

며느리들도 간절한 눈빛으로 제 신랑들을 거들고 나섰다.

어떻게 받아들여야 할까 고심하던 평식 씨! 천천히 고개를 가로젓는다.

"일어나거라. 모두 내 잘못이다. 너희 뜻은 가상하다만 아직은 내게 기운이 남아있으니 집에서 노는 것보다 좋지 않으냐. 이곳에 나오면 시간 잘 가고 또 한 달 지나면 꼬박꼬박 월급 나오고…. 나는 늘 고맙게 생각하며 내 건강이 허락하는 한 …."

아파트 건물 위로 두둥실 떠오른 보름달이 평식 씨 가족을 내려다보며 빙그레 웃고 있었다.

(2007. 7. 사보 '산림')

교장 선생님

06
....

　지금은 두루뭉술한 아줌마를 지나서 내일모레면 할머니 소리를 듣게 될 6학년 3반입니다. 그중에서도 성 쌓고 남은 돌이지만, 강산이 네 번이나 바뀌기 전에는 저도 잘 익은 복숭아 같던 시절이 있었습니다.

　저는 그때 고향 읍 소재지에 있는 여자고등학교 서무실(지금은 행정실)에 근무하고 있었습니다. 때는 바야흐로 엄동설한이라 불리는 1월 초순, 학교는 기나긴 겨울방학에 들어갔습니다. 제가 근무하는 서무실은 지난해 쓴 도급경비 및 육성회비 결산서 만들랴, 신년도 예산 편성하랴 그야말로 눈, 코 뜰 새 없이 돌아쳐야 했습니다. 그렇게 바쁜 우리와는 대조적으로 선생님들은 느긋하게 학생들 성적정리나 하면 되기 때문에 관리자인 교장이나 교감 중에서 1명, 그리고 근무조 교사 1명이 근무하던 태평성대였지요.

사건이 일어나던 바로 그 날도 몹시 추웠습니다. 눈발까지 날려 20분이나 걸어서 출근하는 저의 볼을 동장군이 더듬어 더욱 예쁘게 만들어주었습니다. 서무실에 들어서기가 무섭게 한 무더기의 서류가 과장님으로부터 저에게 넘어왔고 저는 열심히, 아주 열심히 그것을 타이핑하기 시작했습니다.

본론은 지금부터입니다. 이 글을 읽으시는 독자 여러분! 절대로 흉보지 마세요. 아무리 예쁜 처녀라 할지라도 생리작용은 어쩔 수 없는 법 아닙니까. 화장실을 가면서 교무실을 들여다보았더니 아침에 저에게 '어쩌면 그리도 예쁘냐고 칭찬에 칭찬을 아끼지 않던 언니 같은 김 선생님은 보이지 않고 내 미모에 시샘하는 올드미스 수학 선생님 혼자서 무엇을 정리하고 있었습니다. 그렇다면 나를 좋아하는 김 선생님은 화장실에 간 것이 분명해졌습니다. 화장실에 혼자 가는 게 좀 찜찜했는데 잘 됐다 싶어 얼른 달려갔습니다.

참고로 제가 근무하던 학교 화장실은 옷을 내리고 앉으면 쏴하는 황소바람이 위로 올라오는 푸세식 화장실이었습니다. 교직원화장실은 교사(校舍)밖에 있었는데 남자직원 화장실을 지나서 오른쪽으로 꺾어 돌면 여직원 화장실이 있었습니다. 지금은 그런 허허벌판에 화장실을 짓는 학교는 없을 것이지만 그때만 해도 '뒷간(화장실)과 처가는 멀수록 좋다'는 선인들의 말씀을 명심해서인지 화장실은 본채와 멀리 짓는 게 당연한 것으로 알고 있었습니다.

밖으로 나오자 심술궂은 칼바람이 복숭앗빛 내 볼이 탐이 나

또 달려들어 만지더니 한 수 더 떠서 이번에는 참새 종아리처럼 매끈한 내 다리를 만지려 해서 한걸음에 화장실로 내달렸습니다.

우아하게 '똑똑' 노크를 했습니다. 내게 천사처럼 예쁘다고 아낌없는 찬사를 보내는 분에게 그 정도 예의는 지켜야 마땅하다고 생각했습니다. 그러자 안에서도 점잖게 '똑똑'하고 답장이 왔습니다. 나보다 김 선생님께서 먼저 왔으니까 지금쯤은 볼일을 마치고 사랑하는, 아니 천사 같은 이 미모의 아가씨에게 자리를 양보해주는 게 도리일 법도 한데 그 도리를 아는지 모르는지 우리의 김 선생님은 통 나올 줄을 모르는 게 아니겠습니까. 그 와중에도 사나운 칼바람은 자꾸만 내게 다가 와 스커트 자락을 들어 올리려고 치근대는데 말입니다. 나쁜 바람 같으니라고….

좀 심하다 싶었습니다. 이건 순전히 안에 있는 김 선생님께서 늦게 온 내게 골탕을 먹이려는 장난이 분명했습니다. 이번이 처음 같으면 그런 생각을 하지 않을 것이지만 지난번에도 그런 일이 있었거든요. 내가 오는 것을 보고는 나오려다 말고 다시 들어가 문을 잠그고는 내가 사정사정하는 것도 모자라 퇴근길에 붕어빵 사준다는 약속을 받아내고는 문을 열어주던 기억이 생생하니까 말입니다. 이번에는 절대로 그렇게 당할 수는 없었습니다.

"김 선생 얼른 안 나오면 쳐들어갈 거야. 그런데 큰 거야 작은 거야. 도대체 얼마나 큰 것을 누기에 그렇게 오래 걸려?"

그래도 묵묵부답이었습니다. 나는 급기야 새로 사 신은 하이힐 앞굽으로 화장실 문을 걷어차기 시작했습니다. 얇은 합판으로 된 화장실 출입문짝이 뚫어지기 일보 직전인데도 안에서는 열어

줄 기미가 전혀 보이지 않았습니다. 이제는 저의 인내심도 한계에 이르고 말았습니다. 아랫배가 무지룩한 것이 더는 참기 어려운 상황까지 오고 만 것이지요. 방학 때고 아무도 없다고는 하나 이 요조숙녀가 어찌 남자직원 화장실에 가서 그 우아한 엉덩이를 내놓겠습니까.

"김 선생 좋아 그러면 진짜로 매운맛을 보여 주겠어."

나는 화장실 앞에 하얗게 쌓인 눈을 두 손으로 뭉쳐 들고 와서 화장실 안으로 던져 넣었습니다.

"나야 나!"

이게 웬 귀신 씨나락 까먹는 소리랍니까. 지금껏 조용하던 화장실 안에서 들려온 목소리는 나긋나긋한 김 선생님의 목소리가 아닌 팍 쉬어버린 우리의 근엄하신 교장 선생님 목소리였습니다. 그날 관리자 당번은 교장 선생님이었습니다. 65세 정년을 2년 정도 앞둔 노인으로서 성격이 원만한 분이었습니다. 날씨가 추워서 자연 교장실 난로 가까이 앉아 계실 것으로 알았는데 왜, 여자 화장실인 그곳에 계시냔 말입니다.

저는 혼비백산, 기절초풍, 어떻게 그 자리를 뛰쳐나왔는지 모릅니다. 쓰러지지 않은 게 천만다행이었습니다.

나중에 안 사실이지만 교장 선생님은 불량배들이 간혹 낙서하는 것을 알고는 그 날도 혹시 낙서해 놓았으면 아무도 몰래 지우려고 들어갔다가 그런 봉변을 당했다고 합니다. 그보다도 철없던 제가 한 장난 때문에 추운 화장실에서 그 아름다운 향수를 맡으며 고생하셨을 교장 선생님께 죄송한 마음 지금도 변함이 없습니다.

(2005. 6.)

불친절과 친절

o7
····

"뭐 내가 잘못한 것이라도 있단 말입니까?"

"의자에 앉으시라고요"

운전기사도 만만찮게 받아치고 있다.

술기운이 도도하게 올라오는 소갈 씨, 그냥 넘어갈 수 없다는 듯 운전기사를 향해 차근차근 따지고 들었다.

모임을 마친 소갈 씨가 홍 과장과 같은 버스를 탔다. 홍 과장은 시내버스를 자주 이용하지 않는 편인 반면, 소갈 씨는 교통카드를 사용한다. 복잡한 시내에 차를 가지고 나오면 주차하기도 곤란하고 또 모임이나 친구를 만나서 그 좋아하는 술도 한잔 할 수 없기 때문이다.

시내버스에 먼저 타면서 교통카드를 대기 전에 '두 사람'이라고 말했다. 그 말을 알아들은 운전기사는 두 사람분의 금액을 눌렀다. 문제는 뒤에 올라온 홍 과장이 자신의 차비를 요금통에 넣으면서 일어났다. 잘못 내었으니 당연히 돌려받아야 했다. 운전기사도 요금을 환급해주려고 레버를 눌러 오백 원짜리 동전 두 개와 백 원짜리 동전이 나오게 했다. 그 돈을 받으려고 소갈 씨가 출입구 쪽으로 어기적거리며 가는 것을 본 운전기사가 위험을 느끼고 소리를 질렀다.

"거기는 왜 가시는 거예요?"

기분 좋게 마신 술이 확 달아나는 소갈 씨, 속된말로 기분이 확 잡쳤다.

"돈 받으러 가는 겁니다."

"돈은 이쪽에서 나오는데 왜 그쪽으로 가시느냐고요?"

"나는 돈 낸 곳에서 나오는 줄 알았지요."

소갈 씨가 술을 먹지 않았다면 그만한 사리분별은 있는 사람이다. 술기운에 정신이 혼미한 탓도 전혀 없지는 않았다. 시내버스를 자주 타기는 했어도 교통카드로 요금을 내었으니 거스름돈이 나오는 곳은 잘 모르고 있었다.

가만히 생각해보니 부아가 부글부글 끓어올랐다. 나이도 한참 적은 운전기사가 자신에게 윽박지르는 꼴이 수챗구멍에 강아지 몰아넣듯 하는 것 같이 느껴졌다.

"이보시오, 기사 양반, 몰라서 그랬는데 너무 과한 것 아니요?"

이쯤에서 운전기사가 양보했으면 좋았을 것을 그도 신경이 날카로워진 모양이다.

"위험하니까 자리에 앉으시라고요"

여전히 톤이 높다.

"좋소, 승객의 안전을 위해서 그러는 것 같은데 그것까지는 좋소. 하지만 당신이 승객을 대하는 그 태도는 영 틀려먹었소. 몰라서 그러면 거스름돈은 이쪽에서 나오니 이쪽에서 받아 가십시오. 라고 해야 맞지 않나요?"

소갈 씨는 자신의 말에 동조해주기를 바라는 마음으로 차 안을 둘러보지만, 맞장구를 쳐주거나 자신의 행동이 옳다는 듯 눈길 한번 주는 사람이 없다. 이쯤에서 같이 탄 홍 과장이 나서 주어야 하지만 그는 어찌 된 영문인지 꿀 먹은 벙어리가 되어 차창 밖으로 명멸하는 차량의 헤드라이트 불빛만을 바라보고 있다.

'고약한 사람 같으니, 자기 차비 내주려다가 이런 사달이 났는데 강 건너 불구경하듯 하다니….'

전 같았으면 홍 과장에게도 한마디 했을 소갈 씨였지만, 이제 그 불 같은 성격도 많이 사그라졌다. 그래도 남들이 보면 여전히 소갈머리 없는 사람으로 보인다. 그러니 이쯤에서 물러설 소갈 씨가 절대 아니다.

"…"

자신의 잘못을 수긍하는 것인지 시비조로 나오는 소갈 씨가 두려워서 그러는 것인지 운전기사가 대꾸하지 않고 침묵으로 일관한다.

"서비스업체의 제일 덕목이 무엇이오. 승객에게 친절하게 대하라는 교육도 받지 않았소?."

"…"

잘못 응대했다가는 본전도 못 찾겠다고 생각한 운전기사가 입을 다물고 더 이상의 말은 않는다.

"이봐요? 기사 양반, 어느 회사 소속이오. 내 나이 칠십이 다 돼가지만 이런 일로 지청구를 들은 일은 한 번도 없었소."

"…"

"내 당장은 아니라도 내일 회사를 찾아가 오늘 이 일을 소상하게 설명하겠소. 아니 청주시청 차량운송과에 민원을 제기하겠소."

소갈 씨의 기세가 하늘 높은 줄 모르고 올라간다. 반면 운전기사는 정말 자신의 잘못이라고 생각하고 있는 것인지 움츠러드는 기색이 역력하다.

"아! 시청까지 갈 것도 없지, 내일 아침 시청 게시판에다 당신의 회사 이름과 차 번호, 그리고 그 오만불손한 행동 등을 모두 소상히 올려서 나처럼 나이 먹었다고 부당한 대우를 받는 사람이 없게 하겠소."

이제 으름장 수준이 아니라 구체적인 응징방안까지 제시하는 소갈 씨, 그러거나 말거나 운전기사는 입을 닫아걸었다.

이제 한 정거장만 더 가면 소갈 씨가 내려야 할 행복동이다. 내리려고 일어서던 소갈 씨, 무슨 생각에서였는지 운전기사에게 다가간다. 지켜보는 홍 과장의 가슴은 새까맣게 타들어 가는 중이다. 혹 젊은 시절처럼 운전기사의 멱살이라도 잡으면 어찌 하나 하고….

"이 보시오. 기사 양반, 이 버스에는 불친절 신고 엽서도 비치하지 않고 있소?"

"왜 이러십니까. 내가 뭘 잘못했다고 그러세요?"

"더는 말씨름하기 싫으니 어서 신고 엽서 있는 곳이나 가르쳐 주시오"

통제 불능, 구제 불능, 이럴 때 쓰는 말인가 보다.

"꼭 그러시면 내리는 문 위쪽에 있으니 마음대로 하세요."

아침에 잠자리에서 일어난 소갈 씨, 목이 몹시 탄다. 어제 모임에서 술을 과하게 마신 탓으로 돌린다. 아니지. 자신의 체력이 그만큼 떨어진 것은 생각도 못 하고 있으니 언제 철이 들까? 전 같으면 두 홉짜리 소주 서너 병은 거뜬하던 소갈 씨였으니 그런 생각도 무리는 아니지 싶다.

머리맡에 아내가 떠다놓은 자리끼가 바닥이 나 있다. 냉장고 문을 열고 물 한 컵을 따루어 벌컥벌컥 들여 마시니 정신이 번쩍 든다. 그런데 눈에 들어온 '불편 사항이나 미담사례 신고엽서' 이게 무엇이지?

슬럼머신을 타고 어젯밤으로 달려가던 소갈 씨! 얼굴에 낭패한 기색이 역력하다. 어쩌자고 그 힘들게 일하는 사람들에게 그런 심한 말을 했을까 후회를 해보지만 이미 엎질러진 물이다.

자신이 부린 소갈머리를 만회라도 하려는 듯 소갈 씨는 불친절 신고엽서에다 다음과 같이 써내려갔다.

모(某)월 모(某)일 밤 모(某)시 청주역에서 행복동을 향해 출발한 통일운수주식회사 시내버스를 탔던 시민 박 소갈입니다. 내가 탔던 버스 운전기사는 승객의 안전을 위하여 최선을 다하는 모습이 아름다워 친절기사로 추천하고자 합니다.

　엽서를 들고 우체통을 찾는 소갈 씨의 등이 오늘따라 더욱 넓어 보인다.

(2014. 3.)

5부_ 소갈 씨

1997호에게 띄우는 편지

이

맹원 씨는 콧노래를 흥얼거리며 여유 있게 좌회전을 해 시청에 들어섰으나 빽빽이 들어선 차들 때문에 기분이 몹시 상했다.

기름 한 방울 나지 않는 나라에서 이렇게 많은 차를 굴리다니 말로만 과소비, 과소비하지 말고 실천들을 해야지. 나야 업무상 어쩔 수 없는 사람이지만…. 그러는 맹원 씨도 과소비는 마찬가지다. 대중교통을 이용해도 될 가까운 거리에 차를 운전하고 나온 것을 보면 누구 흉볼 게 없는 사람이다.

그러나저러나 시청을 한 바퀴 돌아도 마땅히 주차할 공간이 보이지 않는다. 조금만 공간만 있어도 앞범퍼를 들이박고 있으니 통행하기에도 많은 불편이 뒤따랐다.

속으로 구시렁거리며 두 바퀴째 도는데 마침 주차장을 빠져나오는 차가 있어 그 자리에 잽싸게 주차했다. 그것도 주차 표시가 선명한 흰 선 안에 똑바로 세우기 위해서 전, 후진을 몇 번이나 해야 했다.

민원실에 들어가 지적도를 발급받고 차 있는 곳까지 와보니 세상에 이럴 수가! 맹원 씨는 주차구역에 세우기 위해 두 바퀴나 돌고 똑바로 세우기 위해서 얼마나 끙끙대야 했던가. 그런데 어느 무뢰한의 소형승용차가 맹원 씨 차 뒤를 기세 좋게 딱 가로막고 서 있는 것이 아닌가. 세상에 이런 양심도 있단 말인가. 앞은 화단이오. 옆과 뒤는 차들이 가로막고 있으니 사면초가 바로 그것이었다.

맹원 씨는 행여 문을 잠그지 않았나 하고 차 주위를 기웃거려 보았지만 별 훔쳐갈 물건도 없는 것 같은데 문은 난공불락의 요새였다. 핸드브레이크를 당겨놓지 않았으면 뒤에서 밀면 밀려가겠지 하고 뒤에서 힘껏 밀어보았지만 움쩍도 않는다.

도대체 이 차의 주인은 누구일까? 아침에 세차한 것인지는 몰라도 차의 외부는 깨끗했다. 하얀 의자 시트, 반듯하게 놓인 휴지통, 여성들이 좋아하는 빨간색의 소형승용차, 모든 정황으로 미루어 보아 이 차의 주인은 여성이 틀림없다고 맹원 씨는 결론을 내렸다.

조금 기다리면 나오겠지 하고 기다린 시간이 30분을 넘어서자 마음씨 착한 맹원 씨도 서서히 짜증이 나기 시작한다.

민원실 앞이니까 이 차의 주인은 민원실에 가 있겠지, 생각이 여기에 미치자 차 번호를 기억하고는 민원실로 들어간다. 마침 민원실은 점심시간을 맞아 직원들은 거의 자리를 비우고 몇 사람의 민원인들만이 서성거리고 있어서 일일이 물어보았지만 모두 고개만 젓는다.

하는 수 없이 맹원 씨는 총무과 방송실을 찾아가 자초지종을 설명하고는 방송을 의뢰하고 한 시간을 기다려도 주인은 나타나지 않는다.

주차지역이 아닌 곳에 주차하려면 적어도 자동차 열쇠를 꽂아 놓아서 다른 차들이 빠져나가게 해주는 것이 문화시민의 긍지가 아닐까. 그것이 어려우면 경비실에 키를 맡기던가. 문을 잠그지 않던가. 화가 머리끝까지 오른 맹원 씨가 두 번째 방송을 의뢰하자 시청 총무과 직원도 어이가 없는 모양이다.

"조금만 더 기다려 보세요. 요즘 남의 기관에다 차 갖다 놓고 엉뚱한 곳에 가 있는 얌체 같은 사람도 많습니다. 그래서 주차를 잘해놔야 합니다."

"아니 주차 구역 안에, 그것도 흰 선 안에 주차했으면 됐지 어떻게 해야 잘하는 겁니까?"

애꿎은 시청직원에게 짜증을 부린다.

맹원 씨는 주머니를 뒤져 우유 한 병과 빵 한 봉을 사다가 쪼르륵 소리를 질러대는 배를 가까스로 달랜다.

어깨로 분을 삭이며 기다린 시간이 무려 2시간 30분! 주인은 아직도 나타날 줄을 모른다. 더 이상은 참을 수가 없는 모양이다. 수첩과 볼펜을 꺼내 무엇인가 쓰기 시작한다.

1997호에게 띄우는 편지

나는 당신의 그 훌륭한 시민정신(주차질서) 덕분에 장장 2시간 30분을 기다린 사람이오. 깨끗한 당신의 차 외모만큼 주차매너도 아름다웠으면 좋겠다는 생각을 해 보았소.

조금이라도 미안하다는 생각이 든다면 다음 전화번호로 연락 주시오.

전화 : 123-4567 대동실업 총무과 신맹원.

맹원 씨는 그렇게 쓴 다음 수첩을 북 찢어 연서를 접듯이 접은 다음 문제의 그 차 윈도우부러시에 꽂았다. 천하장사 이만기보다 덩치가 큰 경비아저씨와 간신히 차 앞 대가리를 들어서 돌린 다음 그곳을 빠져나올 수 있었다.

퇴근 시간이 임박해서 사장실에 불려 들어간 맹원 씨는 엉거주춤 그 자리에 못 박힌 듯 서 있을 수밖에 없었다. 사장님과 나란히 앉아있는 사람은 자신과 미선이와의 결혼을 극구 반대해오던 경제연구소 윤 박사였기 때문이었다.

"그러고 섰지만 말고 앉아요. 윤 박사가 자네를 불렀어요."

"이거 신맹원 씨가 써 붙인 것 맞지요?"

자리에 앉자마자 미선이 아버지가 꺼내 보인 것은 불과 2시간 전에 자신이 써서 붙여놓고 온 그 메모지가 분명했다.

"네. 죄송합니다. 박사님이 그런 소형차를 타고 다니시는 줄은 정말 몰랐습니다. 그리고 사회 지도층에 계신 분의 시민정신이 그렇게 형편없다는 사실도 개탄스럽습니다."

맹원 씨는 이제는 모든 것이 틀렸구나 하는 심정으로, 또 자신들의 결혼을 반대하는 미선이 아버지에게 받은 불쾌한 감정을 모두 쏟아 놓고 나니 마음이 한결 후련해졌다.

그 말을 듣는 두 사람은 알듯 모를 듯 이상한 미소들만 흘리고 있는 것이 아닌가.

"맹원 씨! 내가 소형차를 타고 다니는 것은 조금이나마 기름을 아껴보자는 뜻에서요. 그리고 혹시 그 차가 내 차였다는 사실을 알았다면 그런 메모를 남기지 않았겠지요?"

"아닙니다. 설사 그 차가 미선 씨 아버지 차였다는 사실을 알았어도 저는 그런 메모를 남겼을 것입니다. 저는 미선 씨가 엄격하고 예의 바른 부모님 밑에서 자란 걸로 알았습니다. 그런데 이제 알고 보니 미선 씨의 가정교육이 형편없었을 거라는 생각도 듭니다."

"하, 하, 하. 내가 사과하지. 문을 잠그지 않는다는 게 그만 깜빡했네. 하지만 조금 전에 한 말, 내 잘못된 주차질서와 우리 미선이 가정교육하고는 연관시키지 말게. 내 잘못을 사과하는 뜻에서 두 사람의 결혼을 승낙할 테니 받아주게?"

"신 군! 윤 박사는 자네의 끈기와 패기, 불의를 보고 못 참는 자네의 정의감을 높이 사서 결혼시킬 것을 결심했다네."

"네!"

맹원 씨는 도깨비에 홀린 기분이면서도 자신들의 결혼을 승낙한다는 말만은 뚜렷하게 기억할 수 있었다.

(1993. 2월 사보 '신호등')

목구멍이 포도청

○2
....

"따르릉 따르릉"

"웬 놈의 전화는…….."

마지못해 수화기를 집어든 한 대청 씨의 얼굴이 벌레 씹은 모
양으로 구겨진다.

"네, 미래농촌 연구소 당직실 한 대청 입니다."

뚱뚱 부은 한 대청 씨의 목소리가 텅 빈 사무실을 마구 흔든다.

"아! 한 씨군요. 우리 그이 길 과장님 좀 바꿔주세요."

수화기 저편에서는 한 대청 씨의 뚱뚱 부은 목소리와는 상관없
이 나긋나긋한 목소리가 들려왔다.

이런 빌어먹을! 사무실에서 '한 씨'라고 부르니까 여자들까지
'한 씨'로 부르네. 그래서 내가 이 짓을 때려치우려 한다니깐.

한 대청 씨는 그런 소리를 들은 다음이면 사표를 써야겠다고
늘 생각하곤 했었는데 오늘도 예외는 아니었다. 하지만 목구멍까
지 치민 격한 말은 어디로 도망가고 엉뚱하게도 비굴한 말이 튀

어나왔다.

"과장님 지금 은하수 식당에 계세요. 전하실 말씀 있으면 제가 가서 전해 드릴게요."

한 대청! 너는 누구냐, 왜 그리 사람이 절도가 없느냐, 겉 다르고 속 다른 짓을 언제까지 할 작정이냐, 사내가 어찌 간사한 사람처럼 두 마음을 갖느냐?

한 대청 씨 스스로 몇 번이나 외쳐보지만, 번번이 실행에 옮기지 못한다. 속으로만 끙끙 앓는 한 대청 씨의 속사정은 목구멍이 포도청이라는 사실을 아는 사람이 있을까.

오늘만 해도 그랬다. 부속실 공사를 마친 업자가 저녁을 사겠다고 했다. 모두 그 자리에 참석하라는 윗사람의 지시도 있었다. 문제는 연구소에 누가 남느냐 하는 것인데 원칙대로 하자면 당연히 그날 당직자가 남아야 하지만 요즘 아무리 사정의 칼날이 무섭다고는 하나 먹자판에 빠질 사람이 몇이나 될까.

당직자 최길풍 연구사가 한 대청 씨에게 '가서 얼굴만 보이고 바로 올 테니 잠깐만 봐달라'고 했다. 마음은 내키지 않았지만 그러겠다고 억지로 대답을 했다. 무슨 회식이다 송별회다 하는 건이 있으면 어떻게든 빠져나가려고 하는 것이 십 년 넘게 지켜본 이곳 연구소 직원들의 한결같은 속성이다.

잠깐이 도대체 얼마를 가지고 잠깐이라고 표현해야 할까? 금방 다녀온다고 한 사람이 한 시간이 넘어서야 연락이 왔다.

"여보세요 저 최길풍인데요. 금방 갈려고 했는데 과장님이 못 가게 해서 그냥 여기 있어요. 제가 저녁하고 술 한 병 보낼 테니

'한 씨' 미안하지만 조금만 더 기다려 주세요."

한 대청 씨가 알고 있는 상식으론 성 씨 다음에 씨를 붙여 부르는 것은 손윗사람이 손아랫사람을 부를 적에 통용되는 것으로 알고 있다. 이놈의 미래농촌 연구소에서는 늙은 사람이나 젊은 사람이나 '한 씨'니 최고 학부를 졸업한 사람들은 못 배운 사람들을 하대해도 괜찮은지 물어보고 싶은 때가 한두 번이 아니었다.

술 소리에 확 펴졌던 오만상이 다시 슬슬 오그라들기 시작한다. 보내준다는 저녁과 술은 30분이 넘어서야 도착하였다.

"한 씨 혼자 계세요. 식당에 와서 식사 하시잖구요. 시장하시겠네요. 어서 식사하세요."

두루뭉술한 주방 아줌마가 철가방을 내려놓으며 진정 한 대청 씨를 위해서 하는 소리인지, 아니면 그곳까지 들고 온 것이 힘들어서 하는 푸념인지 잔소리를 늘어놓는다.

빌어먹을! 이젠 시장 사람들까지도 '한 씨'로 부르는구먼, 이러다간 애들까지도 '한 씨'로 부르겠네.

한 대청 씨는 주방 아줌마의 말을 들은 채 만 채 이빨로 술병마개를 딴 다음 유리컵에 가득 따라 맹물 마시듯 벌컥벌컥 들이마신다.

끓던 속이 얼마간 진정되는 듯했다. 식어빠진 자장면을 뒤적이는 한 대청 씨의 얼굴에 미소가 감돈다. 구겨진 인상을 펴주는 술은 확실히 위력이 있었다.

빌어먹을! 내가 그 자리에 안 가길 잘했지.

회식에 갔다 오는 날은 영락없이 술에 취했다. 기분 나빠서 한 잔, 속상해서 한 잔, 그러다 보면 한 대청 씨는 술이 만취한 다음에야 돌아오곤 했다.

위에 술이 한 잔 들어가자 불쾌했던 지난번 회식이 떠오르기 시작했다. 회식 때의 한 대청 씨 자리는 언제나 문 앞 구석자리이다. 나이로 따진다면 연구소 내에서는 중간을 넘어서는 그였지만 미화직이란 직책 때문인지 그의 자리는 언제나 말석이었다. 또 그것까지도 좋다. 누가 시켜서 그러는 것도 아니련만 술잔이 맨 마지막에 돌아온다는 점이다.

미래농촌연구소에는 ㅇㅇ대학 출신들이 많았는데 그들은 공공연히 학번을 따지고 1년만 빨라도 깍듯이 형님 대우를 했다. 그런 그들이 한 대청 씨에게는 어지간하면 '한 씨'다. 갓 들어온 직원들이야 아버지뻘 되니까 처음 얼마 동안은 아저씨로 부르다가 서서히 연구소 물정에 눈뜨기 시작하면 어느새 '한 씨'로 바뀐다. 또 술자리에서는 저희 동문, 상사들 술 권하기에는 정신이 없으면서도 한 대청 씨 에게는 인색하다.

"마 연구사 술 한잔 하시지"

"그냥 드시지 않고서요."

아마 그 잔이 한 대청 씨가 권하는 잔이 아니고 선배나 상사들이 권하는 술잔이면 그렇게 받았겠는가. 감지덕지 얼른 받았을 것이다.

애송이 마 군에게 넘긴 잔은 좀처럼 돌아올 기미가 보이지 않는다.

빌어먹을! 잔이 갔으면 돌아와야지 잔은 주인도 몰라보나.

그 잔이 돌아온 것은 회식이 거의 끝나갈 무렵이었다. 한 대청 씨가 권한 술잔이 그렇게 늦게 돌아올 적에야 딴 사람들이 한 대청 씨에게 잔을 권하는 일이란 가뭄에 콩 나기보다도 더 드물었다.

터벅터벅 돌아오는 길에 기분이 엉망진창이 된 한 대청 씨는 포장마차에 들러 꼬치 국물에 소주 두 병을 비우고서야 갈지자걸음으로 집으로 돌아올 수 있었다.

그러나 딱 한 번의 예외가 있었다.

지난여름 누렁이를 한 마리 끌고 강가로 야유회를 갔을 때의 일이다. 여느 때처럼 한 대청 씨에게는 술 권하는 사람도 없고 해서 여울물에 발을 담그고 앉아서 시간을 좀 먹고 있었다.

"한 씨! 한 씨!"

부르는 소리에 가보니 짐을 챙기라고 하며 경리계장이 술병을 딴다.

"한 씨! 오늘 수고 많았어요. 술 한 잔 합시다."

웬일이었을까? 경리계장이 술을 권하자 주위에 있던 사람들이 너도나도 한 잔씩 따루어 주는 것이 아닌가. 아무튼, 마지막에 폭주하는 바람에 그날은 포장마차 신세를 안 져도 되었지만, 술을 얼마나 먹나 하고 장난삼아 권했다는 사실을 이튿날 알았을 땐 술을 끊고도 싶었다.

아! 빌어먹을 세상! 나도 누구처럼 양심선언이란 형식으로 그동안 청 내(廳內)에 있었던 크고 작은 비리들을 불어버리고 나갈까 보다. 청 내의 사정을 누구보다도 잘 알고 있는 자신이다. 역대 소장들로부터 현 책임자에 이르기까지 비리는 물론 공적사항까지 훤히 알고 있는 자신이 입만 뻥끗한다면 굴비 엮이듯이 줄줄이 엮여 나올 상사들의 그 얄미운 얼굴이 떠오르는가 하면 청렴하게 소임을 마친 상사들의 얼굴도 떠올랐다.

한 대청, 가난하게는 살았어도 남에게 손가락질 받을 짓을 해서야! 그의 눈앞에는 내일모레면 사각모를 쓸 귀여운 딸 세영이의 등록금과 삼 년 째 중풍으로 누워있는 노모의 얼굴이 오버랩 되어왔다.

안 돼! 안 돼!

잠시 궤도를 이탈했던 한 대청 씨는 나머지 소주를 병째 벌컥벌컥 들이마시고 있었다.

(1993. 6. 충북시보)

책임지면 되지

○3
····

"단풍이 참 곱다. 언니, 밖에 나오길 잘했다. 그치?"

"…."

"언니는 감정도 없는 사람 같아."

"…"

활달하고 서글서글한 성격, 떠들기 좋아하는 동생 은옥 씨에 비해 현옥 씨는 차분한 성격에 말이 없는 게 특징이다. 남들이 보면 전혀 친자매라고 하지 않을 정도이다.

사무실에서도 필요한 말 외에는 하지 않는 현옥 씨의 성격을 잘 아는 남자 동료는 그의 주위를 서성거리기만 할 뿐 적극적으로 접근하는 사람이 없었다. 그런데 딱 한 사람 부산 지사에서 올라온 총무과 강철 씨가 노총각을 면해볼까 하고 접근을 시도했다.

처음에는 진척이 좀 있는 듯했다. 현옥 씨와 같이 근무하는 여직원도 이제는 헌차가 나가면 우리 차례라고 좋아들 했다. 사실

노처녀 질투할까 봐 데이트한 이야기도 숨어서 하는 처지였으니 알만하지 않을까?

강철 씨는 음악 감상회는 물론, 고서점까지 따라가서 선반 위에 얹힌 책을 내려주다가 먼지를 흠뻑 뒤집어쓰면서도 싫은 내색 없이 따라다녔다.

어느 날 강철 씨는 현옥 씨에게 처음으로 음악 감상회도 좋고 독서도 좋지만, 등산을 가자고 했다. 대자연의 맑은 공기도 마시고 험난한 바위산을 오르다 보면 진취적인 힘이 생긴다고 좋은 소리만 모두 골라서 해보았지만 한마디로 거절당하고 말았다.

그리고 남자 결핍증에 걸렸는지 강철 씨가 조금만 가까이 다가가도 질겁하고 도망을 가버리니 어느 남자가 좋다고 하겠는가. 일이 그쯤 되자 아무리 충실한 시녀가 되겠다고 맹세한 강철 씨지만, 서서히 멀어질 수밖에 없는 것이 세상 이치라고 하던가.

"언니! 그때 강철 씨한테 왜 그렇게 냉정하게 대했어? 내가 보기에는 사람만 좋더구먼."

"누가 사람이 나쁘다고 그랬니. 성격이 맞지 않았다 뿐이지."

"언니도 참 답답해. 어째서 그 사람 성격에 못 맞춰. 그리고 언니의 그런 성격 좋아할 남자는 이 세상에서 강철 씨 말고는 아마 한 사람도 없을 거야."

"얘, 내 성격이 어때서 그러니 딴소리 그만하고 운전이나 잘해."

"알았어."

내리막길을 내려와서는 길이 좋았다. 쪽 곧은길이 시야도 확보

되고 장애물도 없었다. 뒤에서 요란하게 울려대는 경음기 소리가 나더니 고물 승용차 한 대가 추월해서 앞으로 나오며 흘끔 쳐다 본다. 차 안에는 30대 초반으로 보이는 청년 셋이서 은옥 씨 자매를 보고는 킬킬거린다.

추월해 나간 속도로 봐서는 쭉 빠져주어야 할 그들이 속력을 늦추고 자주 브레이크를 밟는 모습이 옆에 앉아있는 현옥 씨가 보기에도 신경이 쓰였다.

"얘 저 사람들 왜 저러니? 요즘 차량을 이용한 강도들도 많다 던데…."

"걱정하지 마. 언니 같은 사람 붙잡아 갈 사람 아무도 없으니."

"악! 은옥아 앞, 앞!"

앞차가 급정거하는 바람에 은옥 씨 차가 앞차의 뒤범퍼를 살짝 들이받고 멈추어 섰다. 현옥 씨는 눈앞이 캄캄했다.

"이 일을 어째. 그래서 조심하라고 했더니만…. "

앞차에 타고 있던 세 사람이 일시에 문을 열고 나오는 우람한 모습이 현옥씨 자매를 더욱 자지러지게 했다.

"은옥아 어서 문 잠가. 강도가 분명해."

"우리나라는 법치국가야. 나는 잘못한 것이 없단 말이야."

핸들을 잡고 있던 사내가 은옥 씨의 차로 다가온다.

"이봐요 아가씨! 남의 차를 받았으면 사과를 하든지 변상을 해 주든지 해야 할 것 아냐?"

현옥 씨가 보기에는 영락없는 깡패였다. 저 부리부리한 눈 딱 벌어진 어깨.

"끼어들어서 알짱거린 게 누군데 큰 소리에요."

좀 가만있었으면 좋겠는데 은옥 씨가 지지 않고 대거리를 시작했다.

"어랍쇼. 적반하장도 유분수지. 이제는 큰 소리까지…."

"내가 일부러 그랬어요. 댁의 차가 급정거를 하니까 어쩔 수 없이 그런 거죠."

"안전거리를 지켰어야지. 안전거리!"

"은옥아 잘못했다고 그래 내가 변상해 줄게. 어서"

"아니야. 따질 것은 따져야 해"

은옥 씨는 문을 열고 밖으로 나왔다. 차 안의 현옥 씨는 더욱 안절부절못한다. 이럴 때 지나가는 차량이라도 있었으면 구원요청을 할 텐데. 이곳 속리산 일주도로는 지나다니는 차량도 드물다.

이윽고 옥신각신하던 우악스러운 사내가 은옥 씨의 어깨를 잡는 순간 현옥씨도 더는 참지 못하고 문을 열고 밖으로 나왔다.

"해 주면 될 거 아녀요. 어서 그 손 놓지 못해요."

"어쭈구리, 아줌마는 뭐야. 이런 돼지코를 해 가지고. 누가 데리고 사는지 알만하겠군"

"아줌마 아니에요. 그리고 데려가라 소리 않을 테니 남의 걱정일랑 마시고 받을 금액이 얼만지나 말씀하세요."

언니의 어디에서 저렇게 앙칼진 목소리가 튀어나올까 은옥 씨는 아무리 생각해도 모를 일이었다.

"꼴에 가시 돋친 말도 할 줄 알고 제법이야. 아줌마가 아니면 아가씨인지, 노처녀인지 그렇게 고상한 말만 골라 하지 말고 어서 이 망가진 거나 변상해 알겠어?"

사내가 흰 이빨을 드러내 보이며 위협하자 현옥 씨는 한 발 뒤로 물러선다.

"망가지지도 않은 것 같은데 변상이라면 얼마나?"

"한 장! 큰 걸로"

"그럼 백만 원?"

"알고 계시는구먼."

"그 그렇게 많이나?"

다 기어들어 가는 목소리로 흘끔 돌아본 은옥 씨는 구경꾼처럼 서 있다.

"낼 거야 안 낼 거야? 이걸 그냥"

드디어 그중 인상 험한 친구가 한 발 앞으로 나서며 금방이라도 때릴 듯이 손을 치켜들었다.

"그럼 하는 수 없지 데려다가 일이라도 시키는 수밖에. 얘들아!"

"아 안돼요"

이때 반대편에서 오는 차를 발견한 은옥 씨가 하얀 손수건을 꺼내 들고 급하게 흔든다. 끼익 하는 소리와 함께 차가 급정거했다.

"어머 강철 씨!"

세상에 이렇게 반가울 수가 지푸라기라도 잡고 싶던 심정에 그것도 자기를 여왕처럼 떠받들던 강철 씨가 오늘은 미모의 아가씨와 함께 문을 열고 나온다. 그 와중에도 현옥 씨는 묘령의 아가씨가 더 신경 쓰였다.

"이건 또 뭐야. 자네가 이 차 대신 변상해주려고 그러나?"

조금 전 험악하게 인상을 쓰던 사내가 또 나섰다.

"무슨 일입니까?"

강철 씨는 사내들의 말은 들은 체도 않고 현옥 씨를 등으로 막고 물었다.

"으−응 그러니까 어딘가 닮은 구석들이 있군그래. 처음부터 아줌마 같다고 생각했더니 역시 내 말이 맞았군. 하지만 저 아줌마는 우리가 데려다가 일을 시켜야겠어. 돈을 갚을 때까지. 자 가자"

사내의 명령이 떨어지자 옆에 있던 사내가 현옥 씨의 손목을 잡아끈다.

"강철 씨 나 좀."

"그 손 놓지 못해!"

"이게 어디서 악을 쓰고 있어."

사내의 주먹이 강철 씨의 턱을 향해 날랐지만, 허공을 그었다. 그러자 옆에 있던 사내가 공격을 해왔다. 그 역시 목표물을 명중시키지 못하자 세 사람이 한꺼번에 달려들었다. 1대 3의 대결! 현옥 씨 자매는 발만 동동 구를 뿐 어찌할 방도를 찾지 못한다. 강철 씨가 점점 수세에 몰리는가 싶더니 입에서 붉은 피까지 흐른다.

주위를 살피던 현옥 씨가 길에서 막대기를 주워들고 달려들었다. 그 모습을 본 사내들이 빙그레 웃으며 주춤주춤 물러선다.

"야! 그만. 가자"

사내들이 슬그머니 물러나 차의 시동을 걸더니 쏜살같이 달아나 버린다.

막대기를 내던지고 강철 씨를 부축해 일으켜 세우는 현옥 씨의 눈시울에 이슬이 맺힌다.

"이 일을 어째 괜히 나 때문에 강철 씨 까지…."

바지 주머니에서 새하얀 손수건을 꺼내 입술에 흐르는 피를 닦아주는 모습을 바라보는 은옥 씨의 얼굴에는 흡족한 미소가 번져나갔다.

"어떻게 하긴 언니가 강철 씨 일생 책임져야지."

(1998. 10. 괴산문학)

급하다 급해

04

    부영 씨는 어제저녁 마신 술이 미처 깨기도 전에 흔들어 깨우는 아내를 곱지 않은 시선으로 바라보며 세면장으로 향했다. 대충 세수를 하고 내다본 밖은 온 대지가 하얗게 덮혀있다. 알딸딸한 가운데도 출근길이 걱정이었다. 최근 불어 닥친 IMF 한파 때문에 애물단지로 변해버린 승용차를 운전하고 갈 일도 큰일이려니와 정체되는 길에서 30여 분 동안 받을 스트레스를 생각하니 정이 뚝 떨어졌다.

    부영 씨 애마가 혹독한 겨울을 이겨 낸 것도 벌써 여러 해 되었지만, 이제는 늙어서 그런지 눈만 오면 낑낑거려 항상 망설여진다. 시계를 쳐다보니 지금 나가면 회사 앞에까지 가는 버스를 탈 것 같았다. 눈만 오지 않았다면 술이 덜 깼더라도 서슴없이 차를 몰고 나설 부영 씨가 오늘은 대중교통을 이용하기로 중대 결심을 내렸으니 박수라도 쳐줘야겠다.

    아내가 타 주는 꿀물을 마시는 둥 마는 둥 집을 나선 부영 씨는 골목길을 벗어나 큰길까지 한걸음에 내달렸다. 마침 출발하려는 버스를 탄 것까지는 운이 좋았는데 인생 만사 새옹지마라는 고사를 왜 생각하지 못했을까.

아랫배가 슬슬 아파져 오고 뒤는 무지룩하고…, 장이 나쁜 부영 씨는 술 마신 이튿날은 어김없이 화장실을 두세 번 다녀와야 하는데 오늘은 급하게 나오느라고 그 일을 잊었지 뭔가. 아직 회사까지는 반 정도까지밖에 못 왔고, 눈 쌓인 길을 어쩌자고 차들을 저리 많이 끌고 나와서 교통 체증을 일으키는지 부영 씨의 심사가 비비 꼬여가고 있었다. 부영 씨 같이 모두 대중교통을 이용한다면 훨씬 빠른 속도로 달려서 조금 후면 회사에 닿을 수 있을 텐데 말이다.

사태가 매우 심각해 졌다. 이제는 지각이 문제가 아니다. 뭐 마려운 강아지 낑낑대는 모습, 심한 말로 마치 부영 씨가 그 꼴이었다. 아침 일찍 실례할 곳이 마땅찮다는 것은 모두가 아는 사실, 사방을 두리번거리는 부영 씨 눈에 병원간판이 보였다. 버스가 정차하자마자 얼른 뛰어내렸다. 푸수수한 얼굴로 가방을 들고 들어서는 그를 당직 간호사는 아마 환자쯤으로 보았던가 보다.

"아직 진료 개시….”

"저 미안하지만, 급한 일이 있어서….”

"네 ?”

"급하다고요.”

"누가요 ?”

이런 젠장! 부영 씨는 그 잘난 엉덩이를 손으로 가리켰다. 간호사는 어이가 없었는지 마치 권총으로 목표물을 정조준하듯 화장실을 가리켰다. 그녀가 가리키는 곳으로 뛰어들어가 딱총을 쏘듯 "화다다닥" 연발로 쏟아놓고 나니까 속이 후련해졌다. 마땅찮게 쳐다보는 간호사의 눈도 아랑곳없이 당당하게 걸어 나왔다. 사람이란 화장실 갈 때 다르고 나올 때 다르다고 하더니 그 말이 꼭 맞는 말인가 보다.

　바람이 쌩쌩 몰아치는 간이 정류장에서 한참을 떨고 나서야 회사 앞이 종점인 시내버스를 탈 수 있었다. 그런데 이게 웬 날벼락이란 말인가. 당연히 주머니 안에 있어야 할 지갑이 없는 게 아닌가. 아무리 주머니를 뒤져봐도 갈아입고 나온 옷 안에는 백 원짜리 동전 두 개밖에 나오지 않았다. 순간 그 버스의 종점이 회사 앞이니까 내려서 나머지 돈을 내도 되겠다는 생각에 용기를 내었다. 궁하면 다 통하게 마련이라고 하지 않던가.

　"저 지금 잔돈이 이것밖에 없어서 그러는데요. 나머지는 종점에 가서 드리겠습니다." 마음씨 착해 보이는 기사 아저씨는 부영 씨 속셈도 모른 채 고개를 끄덕였다. 차 안은 빈자리가 많았지만 오백 원짜리 좌석 버스에 이백 원밖에 내지 못한 부영 씨는 차마 앉을 용기가 나지 않았다. 가방만 좌석에 올려놓고 손잡이에 매달려 가야 했다.

　버스가 종점에 서기가 무섭게 가방을 그냥 둔 채 회사로 내달리기 시작했다. 등 뒤로 기사 아저씨가 부르는 소리가 들려 왔지만 아랑곳하지 않고 뛰었다. 버스에서 사무실까지는 이백여 미터쯤, 사무실에 들어서는 부영 씨 앞을 지점장이 가로막았다. "길이 미끄러운데 용케 잘 왔구먼." 지각한 꼴에 부스스한 얼굴, 꾸중이라도 들을 줄 알았는데 되레 이해해 주는 지점장을 보자 또한 번 주눅이 들었다.

"본사 총무과에서 전화가 두 번이나 왔어요. 보고문서가 안 들어 왔다고…."

"예? 어제 분명히 팩스로 보냈는데요. 확인해 보겠습니다."

대답하고는 황급히 다이얼을 돌렸다. 이런 "뚜뚜" 하는 음만 계속되지 않는가. 하는 수 없이 어제 철해 두었던 보고 문서를 다시 전송시키고 나서야 한숨 돌릴 수 있었다.

그제야 느긋한 마음으로 책상을 열려고 열쇠를 찾으니 버스에 두고 온 가방이 생각났다. 옆자리 김 대리에게 동전을 빌려서 다시 버스 종점으로 내달렸다.

그런데 이건 또 무슨 운명의 장난인가. 늘어선 버스 가운데 부영 씨가 타고 온 버스는 보이지 않고 다리 난간에 눈에 익은 후줄근한 가방이 보였다. 나중에 안 사실이지만 그곳 종점에서 출발하는 버스는 시내에서 정체되는 시간을 고려해 오 분 정도 일찍 떠난다는 것이었다. 기다리다가 가방을 내려놓고 떠나간 기사 아저씨를 원망만 할 것이 아니었다. 분명히 차에서 내려 뛸 때에 뭐라고 불렀는데 그 소리를 못 들었으니.

다음부터 음주는 알맞게, 집에서 나오기 전 충분한 배설을 하겠다고 가슴에 손을 얹고 맹세를 하지만, 작심삼일인 부영 씨의 버릇이 과연 고쳐질까.

(2001. 10. 청풍문학)

여우와 토끼

₀5

"더도 말고 덜도 말고 보름달만 같아라."라는 덕담을 주고받는 추석을 이틀 앞둔 날, 선미 씨가 근무하는 경리과는 타부서보다 더 분주하다. 주요 거래처와 고객들에게 보낼 선물들을 챙기느라 부산하기가 남대문 시장 같다.

그 와중에서도 김 대리는 오만상을 찌푸리고 부글부글 끓어오르는 부아를 참느라 인내심을 발휘하는 중이다. 옆에서 그 모습을 지켜보고 있던 선미 씨가 위로의 말을 건넨다.

"김 대리님! 내년에 150% 드리려고 올해는 안 드렸나 봐요. 인제 그만 마음 좀 푸세요."

"아니 이건 말도 안 되잖아. 우리 회사에서 나보다 더 열심히 일한 사람 있으면 나와 보라 그래. 자재과 오 대리가 뭐 한 일이 있다고 150%씩 주면서 나같이 열심히 일한 사람은 성과급을 안 주느냔 말이야."

그 말을 기회로 모든 직원이 한마디씩 거들고 일어섰다.

"성과급은 사원들의 반목과 위화감만 조성하는 겁니다. 아니 어떻게 사원들 간에 등급을 매겨서 누구는 A등급으로 150%, 누구는 B등급 100%, C등급 50%, 선정기준이 어디에 있느냐 그 말이에요. 돈을 따지기 이전에 성과급을 못 탔다는 것은 윗분들에게 그만큼 잘 못 보이고 있다는 증거가 아닐까요. 우리도 교사들처럼 전원 성과급을 반납하고 똑같이 분배해달라고 했으면 좋겠습니다."

"지금 가만히 있는 분들은 성과급을 탄 모양입니다. 박 계장님! 성과급 많이 탔으면 오늘 점심 한턱내시는 게 어때요?"

김 대리가 묵묵히 일만 하는 박 계장을 물고 늘어졌다. 박 계장은 어이가 없는지 하던 일을 멈추고 기지개를 켠 다음 천천히 몸을 돌렸다.

"뭐 그럽시다. 꼭 성과급을 타야만 점심을 사나요. 난 아직 확인도 안 해봤지만, 올해는 못 탈것 같습니다. 성과급 제도가 처음으로 도입되던 해에 탔으니까요. 오늘 점심은 내가 구내식당에서 2,000원짜리 백반을 사겠습니다."

잔뜩 기대했던 직원들이 어눌한 표정으로 흩어진다.

"자 자 그러지 말고 우리 누가 타고 못 탔는지 확인하자고. 본사에서 오늘 입금해준다고 했으니까 다들 입금이 되었을 거야. 급여담당 선미 씨가 통장번호는 알고 있으니 비밀번호만 대면 즉시 확인이 될 거야."

성질 급한 김 대리가 추썩거리고 나서는 바람에 모두 확인 작업에 들어갔다. 뜻밖에 경리과장 50%, 경리계장은 못 타고, 나머지 직원 8명 중 150%짜리가 2명. 100%짜리 3명, 50%짜리, 3명, 김 대리와 미스터 한은 성과급을 받지 못했다.

"아니 선미 씨는 확인 안 했잖아. 본인 것도 해봐."

이번에도 김 대리가 다그치듯 확인할 것을 재촉했다.

"저는 이미 확인을 해봤어요."

"으음 그래, 물론 150%? 아니면 100%?"

"저라고 뭐 더 주겠어요. 저도 100% 나왔어요."

그 말을 들은 김 대리의 어깨가 더 축 늘어졌다.

지금까지 침묵을 지키고 있던 민 과장이 자리를 진정시키려 일어섰다.

"여러분 성과급에 대해서 너무 연연하지 말고 일들이나 열심히 하세요. 올해에 타지 못한 분들은 내년에는 꼭 탈 수 있도록 내가 책임을 지리다. 그리고 성과급이라는 것이 꼭 일만 잘해서 준다기 보다는 달리는 말에 채찍질한다고 일을 더 열심히 하라는 일종의 암시도 숨어있습니다. 성과급을 탄 사원들은 더 열심히 일해야 할 것입니다. 그래도 우리 경리과는 타 과 보다 더 많이 탄 것 같으니 더는 그 일에 대해서 언급하지 말도록 합시다. 성과급타지 못한 분들은 저녁에 내가 한잔 살 테니까 퇴근 후에 '일송정'으로 모이라고."

그러자 성과급을 탄 사람들이 너도나도 나서는 바람에 과 전체가 회식하기로 결정이 되었는데 150% 탄 사원은 6만 원, 100%는 5만 원, 50%는 3만 원씩 내어서 저녁 먹고 나머지 돈으로 위로의 선물을 사주자는 쪽으로 의견이 모아졌다.

이때 자재과 손 대리가 경리과장에게 결재를 받기 위해 들어섰다. 김 대리는 아직도 분이 풀리지 않았는지 자재과 돌아가는 사정이 궁금해 죽을 지경이다.

"저희 과에서는 이변이 일어났어요. 누가 생각해도 과장님은 타실 줄 알았거든요. 사실 우리 지점에서 최 과장님보다 더 오래된 과장님은 안 계시잖아요. 그리고 이 기사, 구 대리, 현숙 씨가 못 탔어요. 다른 사원들보다 과장님이 못 타시니까 여간 불편한 게 아니에요. 지금 초상집 분위기 에요."

그도 그럴 것이 나이 마흔이 넘도록 안 간 건지 못 간 건지 모를 노처녀 최 과장이 성과급을 못 탔으니 그 히스테리가 하늘을 찌르고도 남을 것이다. 손 대리를 포함해서 성과급을 탄 직원들이 머리를 맞대고 궁리한 끝에 18금 닷 돈짜리 목걸이를 해와서 노처녀 최 과장에게 내밀었다. 그제야 어느 정도 얼굴이 펴지는 것을 본 여직원들이 안도의 한숨을 돌릴 수 있었다.

선미 씨는 직장의 상사, 동료에게 사각봉투 하나씩을 돌린다. 봉투 겉면에는 "보름달만큼 넉넉한 명절 되시기를 빕니다." 하는 예쁜 글씨가 쓰여 있다.

"선미 씨! 선미 씨 봉급이 얼마나 된다고 이런 걸 돌려, 그것도 전체 직원에게… ."

경리과장이 선미 씨가 올려놓은 봉투를 들어 보이며 힐책하듯 말했다.

"과장님 죄송해요. 올해는 회사 사정도 좋지 않은데 상여금도 주시고 해서 연휴에 책이나 한 권 사서 읽으시라고 도서 상품권

한 장씩 샀어요.”

김선미! 경력 2년의 아직은 새내기 소리를 듣는 신참, 본사 부속실에 있다가 이곳 지점 경리과로 옮겨오면서도 한마디 불평도 않던 해맑은 미소를 짓는 스물두 살의 토끼처럼 온순한 아가씨다. 봉투를 받아든 사원들의 표정이 머쓱하다. 최고 말단의 여직원에게 비록 얼마 안 되는 금액이긴 하지만 그 정성이 여간 갸륵한가.

본사 자금담당이사로부터 경리과장을 찾는 전화가 걸려왔다.

“네 경리과장 민호철입니다. 아, 예 이사님 감사합니다. 회사 사정도 안 좋은 것으로 알고 있는데 모두 고마워하고 있습니다. 저는 50%라도 탔으니까 괜찮습니다만 자재과 최 과장이 못 탄 것을 가지고 의아해하고 있습니다. 네, 150%요. 그럴 리가요? 선미 씨 위로는 무슨 말씀이신지…. 100% 탔다고 본인이 그러던 데요. 네?”

‘살쾡이와 토끼!’ 민 과장이 중얼거리며 수화기를 내려놓는데 선미 씨가 전화 연결버튼을 누른다.

“과장님! 3번 전화도 받아보세요.”

“네, 민호철입니다. 어디요, 청풍일보 사회부 기자! 예, 최정심 과장이요?. 우리 지점 자재과장인데요. 한데 인적사항은 왜? 성과급을 희사요? 그게 얼만데요. 250만 원!”

이번에는 실신에 가까운 비명을 지르며 힘없이 수화기를 떨어트린다. 수화기 저편에서는 아직도 못다 한 이야기가 계속 흘러나오고 있었다.

"…. 아 여보세요. 그러니까 사진 한 장 준비해 놓으시고 우선 나이 좀 불러주세요…. 내일 조간신문에 나갈 겁니다."

(2001. 10. 청풍문학)

소갈 씨

o6

계사년 뱀띠 해가 시작된 게 엊그제 같은 데 벌써 또 한 해가
저물어가는구나 생각하니 서글픔이 밀려왔다. 하지만 어쩌겠는
가. 이제 세월에 순응하며 살아야 할 나이가 아니던가. 욕심을
내려놓아야 한다면서도 그게 쉽지 않은 소갈 씨.

내일 새해를 깨끗한 마음으로 맞기 위한 준비로 모두가 분주하
다. 소갈 씨는 목욕탕으로 발걸음을 옮겼다. 한 해 동안 덕지덕
지 앉은 마음의 때도 씻고 시간도 보낼 요량이다. 집에는 아내가
서울에서 내려올 손자 녀석들 음식 준비하느라 신바람이 나 있
다. 그래 봤자 잘 먹지 않을 것임을 잘 안다. 아내가 만들어준다
는 게 두툼한 부침개 종류일 것이니 인스턴트 음식에 맛 들여진
녀석들의 식성에 맞을 리 없다. 그러거나 말거나 모처럼 들떠 있
는 아내 비위 건드려 좋을 게 없다는 판단에 목욕 가방을 챙겨 일
어섰다.

목욕탕에 들어서자 뽀얀 김이 서려 얼마 동안은 잘 보이지 않

는다. 20년 넘도록 이용해온 목욕탕이다. 오늘따라 목욕탕 안은 대 만원이다. 이 시간대에는 사람이 적었는데 다른 사람들도 모두 자신처럼 깨끗한 몸으로 새해를 맞으려는 것이겠지 생각하니 소갈 씨 마음이 흐뭇해졌다.

빈자리가 나기를 기다렸다가 샤워하고 마침 일어서는 사람이 있어 수건과 면도기를 내려놓고 자리에 앉았다. 언제나 그랬다. 소갈 씨는 샤워하고 말끔하게 면도까지 마친 다음 온탕에서 느긋하게 때를 불리는 게 그의 목욕방법이다.

어쩌다 몸도 씻지 않고 탕에 뛰어드는 젊은이를 보고서도 이제는 못 본 체할 정도로 성질이 좋아졌다. 아니 좋아진 게 아니라 성질이 죽었다고 해야 더 맞을 거다. 한 성질 할 때였다면 절대로 그냥 넘어가지 못하는 소갈 씨이다.

면도를 마치고 온탕으로 들어가려니 사람이 너무 많았다. 물에는 때가 둥둥 떠다니고 안에는 어린이 셋이서 물장난을 하고 있다. 그래도 누구 한 사람 주의를 시키거나 제지하는 사람이 없다. 하긴 저 천진난만한 어린이들이 무엇을 알까. 간신히 비집고 들어가 목까지 담그고 눈을 지그시 감았다. 녀석들이 일찍 오면 목욕탕에 데려오려 했었는데 저녁 늦게 도착한다는 연락을 받고서는 기분이 언짢아진 것도 사실이다. 아들이 청주에 있을 때는 토요일이면 꼭 녀석들을 데려다 놓았었다. 말은 할아버지 할머니 심심할까 봐서라고 했지만, 산전수전 다 겪은 소갈 씨는 안 봐도 삼천리다.

물을 끼얹고 장난치던 애들도 놀 만큼 놀았는지 이번에는 샤워기 있는 쪽으로 몰려간다. 애들이 빠져나가고 나니 온탕 안에는 네 명이 남았다. 한 사람은 소갈 씨보다 나이가 많아 보였고, 두 사람은 고등학생쯤 돼 보였다.

이때다 싶었는지 나이 많은 사람이 온수 손잡이를 확 돌려서 뜨거운 물을 콸콸 쏟아지게 한다. 처음에는 애들 때문에 뜨거운 물을 안 틀어놓은 것이려니 생각했다. 이제 온탕이 아니라 열탕 이라고 해야 맞을 정도로 뜨겁다.

안을 휘둘러보니 그동안에 한 학생은 이미 밖으로 나가고 안에 는 세 사람뿐이다. 그만 잠가야 하겠다는 생각에 일어서려다 말 고 다시 앉았다. 뜨거운 물을 틀어놓은 사람이 있는데 자신이 잠 근다는 것은 상대방을 무시하는 처사라는 생각에서다. 쭈글 씨도 어지간히 되었다는 생각에서인지 옆에 있는 학생에게 물 뜨거우 냐고 물어본다. 소갈 씨에게 물었다면 당연히 그렇다고 했을 터 인데 어찌 된 영문인지 학생은 괜찮다고 대답하는 게 아닌가. 하 지만 참고 있음이 역력하게 느껴졌다. 차마 노인이 하는 일에 반 기를 들지 못하고 있음이다. 뉘 집 자손인지 참 제대로 된 가정교 육을 받은 것 같았다.

나이 많음을 내세워 어린 학생에게 억지 답을 구하고 있는 쭈 글 씨가 얄미웠다. "인제 그만 잠그셔도 되겠네요. 다른 사람 생 각도 해야지요."라고 볼멘소리를 내질렀다. 그제야 온수 손잡이 를 잠그며 물이 너무 더러워서 그랬다며 진심인지 핑계인지 아리 송한 말을 늘어놓는다. 전 같으면 공중목욕탕은 여러 사람이 이 용하는 곳인 만큼 나 혼자 생각만 해서는 안 된다느니 어쩌느니

하는 말을 덧붙였겠지만, 목구멍까지 치민 말을 애써 참는 눈치다. 학생이 일어서서 밖으로 나간다. 뜨거워서 일어선 것이 분명해 보였다. 소갈 씨도 따라 일어섰다. 혼자 뜨거운 물에 몸을 삶든지 말든지 상관하지 않겠다는 듯.

목욕탕 안은 그동안 사람이 많이 빠져나가고 몇 명밖에 남아있지 않았다. 소갈 씨는 때를 밀면서 옆을 흘금 바라본다. 아들로 보이는 젊은이가 아버지의 등을 밀어주는 모습이 부럽기만 하다. 손자 녀석들이 전에는 그 고사리 같은 손으로 등을 서로 밀겠다고 대들곤 했었는데….

할아버지 등 밀어 드릴까요? 하는 소리에 뒤돌아보니 조금 전 온탕 안에서 인내심을 발휘하던 그 학생이었다. 소갈 씨는 염치없게 그 학생에게 등을 맡기고 느긋한 감성에 젖는다. 지금의 젊은이들이 저 학생처럼 예의 바르고 됨됨이가 올바르다면 얼마나 좋을까 하고…. 학생의 등을 밀어주려 하자 벌써 밀었다며 사양한다. 샤워기 쪽으로 천천히 걸어가는 뒷모습이 무척 든든해 보였다. 조금 전 탕 안에서 언짢던 마음이 스르르 풀렸다. 살다 보면 오늘같이 기분 좋은 날도 있구나 싶어 비실비실 웃음까지 나왔다.

목욕을 마친 소갈 씨가 손자 녀석들에게 사줄 만한 게 뭐 없을까 하고 마트 안을 기웃거린다. 마침 조금 전 자신의 등을 밀어주던 학생이 보였다. 시장바구니까지 들고 있다. 음료수라도 한 병 사주려고 가까이 다가가는데 사십 중반으로 보이는 여인이 "얘어서 가자, 할아버지 기다리시겠다."라며 서둘러 마트 안을 빠져

나가 버린다.

날씨가 그리 춥지 않아 다행이다. 밖으로 나오니 함박눈이 나풀나풀 춤을 추며 내려온다. 마치 하늘에서 가난한 백성에게 내려주시는 양식 같이 느껴졌다.

그래! 내년, 갑오년에는 풍년도 들고 좋은 일만 있을 거야.

눈을 바라보는 소갈 씨 얼굴이 환하게 밝아졌다.

(2013. 12. 31. 충북일보)

청탁

o7
····

주머니를 모두 뒤집고 차안을 샅샅이 뒤져도 없다. 이젠 나도 늙었나보다. 아니, 치매가 서서히 나를 갉아먹으며 들어오고 있다고 생각하니 갑자기 불안이 엄습해왔다.

"건망증은 어떠한 사실을 잊었다 하더라도 누가 귀띔 해주면 금방 기억해 내는 현상으로 흔히 정상인에게도 나타날 수 있으나 치매는 뇌세포가 좀 더 광범위하게 손상된 상태로 기억장애 외에도 인지능력까지 없어진다."

나는 아직 그 지경은 아니니 건망증이나 치매와는 무관하다고 말해도 될까. 그래도 뭔가 불안하다. 오늘도 태평마트에서 쇼핑을 하고 물건 값을 지불하려고 지갑을 찾았으나 없었다. 대수롭지 않게 생각했다. 차안에 두었겠지 하고 차 안을 샅샅이 뒤졌으나 없었다. 종종 있는 일이기도 하다. 전에는 전화기를 어디에 두었는지 몰라 끙끙 거리는데 냉장고 안에서 벨이 요란하게 울렸다. 김치를 꺼내려고 문을 열었다가 휴대 전화를 그곳에 두고 문을 닫았음을 뒤늦게 깨달았다.

　나의 건망증은 좀 심한 편이다. 한번은 가스레인지에 된장을 끓이려고 불을 켜놓고 연속극을 보고 있었다. 극에 심취하여 시간 가는 줄도 몰랐다. 무언가 눈앞에 연기 같은 게 보여 아차하고 부엌으로 달려갔지만 이미 늦은 상태였다. 산지 한 달밖에 안 된 새 냄비를 홀랑 태워버렸다. 후각기능이 시원찮은지 냄새 맡는 일도 잘 못한다. 냄비보다도 더 걱정되었던 것은 불이었다. 조금만 늦게 발견했다면 우리 집을 화마에게 내줄 뻔 했다.

　집안에 웅크리고 있는 청국장 냄새 몰아내느라 무진 애를 써야 했다. 또 신랑한테 지청구는 얼마를 받았는지, 그 날 이후 우리 집 출입문을 비롯한 벽 곳곳에는 '가스 조심'이라고 빨간 글씨로 인쇄한 스티커가 붙여졌다. 외출 하다가 그 문구를 보면 다시 들어가 제대로 잠겨 졌는지 확인하고 외출한다.

　아, 그런데 지갑은 아무리 찾아도 없다. 지금까지와는 달리 슬슬 걱정이 되기 시작했다. 혹 엉뚱하게 사용되지는 않았는지 조치를 취해야 할 것 같은 생각이 들었다. 우선 카드 정지부터 시켜야지, 그런데 카드가 몇 개였지? b카드, k카드. h카드. 그 외에는 생각이 나지 않는다. 다섯 개로 기억되는 데, 난감했다. 우선 b카드사부터 연결했다. 그런데 무슨 놈의 본인확인 절차가 그리 복잡하단 말인가. 슬슬 짜증이 나기 시작했다. 어렵사리 상담원과 연결은 되었는데 성질 급한 사람은 숨넘어가기 딱 맞을 정도였다. 그래도 다행인 것은 아직 사용된 흔적이 없다는 점이었다. 그럼 도대체 어디에 있다는 거야,

휴대 전화가 요란하게 울렸다.

"여보세요, 혹 김말숙 위원장님 되시나요?"

"네, 제가 김말숙인데요."

"지갑 잃어버리지 않으셨어요?"

"네, 그렇지 않아도 지금 지갑 찾느라 난리를 치고 있는 중입니다."

약속 장소로 한 걸음에 달려갔다. 그 곳에는 나 보다 더 나이가 들어 보이는 여자가 기다리고 있었다.

"저, 지갑 가지고 계신 분이신가요?"

"네, 제가 주웠어요. 태평마트 주차장에 떨어져 있었어요."

"고맙습니다. 저는 그런 줄도 모르고 집안을 홀랑 뒤집었어요."

"명함이 있어서 더 빨리 연락이 되었어요. 아니면 주민등록증 가지고 경찰서에 가던지 해야 했을 텐데…."

"여하튼 고맙습니다. 이 은혜 어떻게 갚아야할지 모르겠네요."

"무슨 은혜까지?"

지갑을 건네받아 안을 살펴보았다. 별 이상이 없는 듯했다. 하긴, 지갑에 손 댈 사람 같았으면 연락하지도 않았겠지. 그나저나 사례는 해야겠는데 어느 정도를 해야 할지 난감했다. 지갑에 큰 돈이 들어있진 않았지만 카드를 사용했다면 문제는 달라진다. 쩨쩨하게 몇 만원을 건네주기도 그렇고 해서 어디 가서 저녁이나 먹자고 했더니 흔쾌히 대답한다.

내가 잘 가는 한식 집 거구장으로 가자고 했다. 마침 그 곳에

볼 일도 있어서 잘 되었다 싶었다. 식당 안은 아직 이른 시간이어서인지 한산했다. 거구정식 2인분을 시켰다.

"저 명함을 보니까 금성초등학교 운영위원장님으로 되어있던데 지금도 그 일을 하시나요?"

"네, 사실 여러 번 사양했으나 학교 측에서 하도 사정하는 바람에 어쩔 수 없이 다시 맡게 되었습니다."

"아, 그러시군요."

"운영위원장이라는 자리가 보수가 있는 것도 아니고, 명예가 따르는 것도 아닙니다. 그저 어떻게 하면 우리 아이들 공부하는 데 지장 받지 않을까 노심초사하는 자리라 생각하고 열심히 하고 있습니다."

"좋은 일 하고 계십니다. 그런데 그 봉사라는 게 아무나 할 수 있는 게 아니지요. 인품과 어느 정도의 재력이 동반되지 않고는 어렵다고 생각해요."

"잘 아시는군요. 하지만 저에게는 지성도, 재력도 없으니 그저 몸으로 때우는 수밖에요."

"너무 겸손하시네요."

처음 만난 사람치고는 대화가 술술 풀려나갔다. 같은 여자이니 서로 공감하는 부분도 많았고 별 어려움도 없었다. 나이는 나 보다 두 살이 적었다. 어찌나 살가운지 앞으로 '언니'로 부르겠다며 자주 만나자며 적극적이었다. 거절할 이유도 없고 해서 그러자고 했다.

가을이 시작되면서 학교일이 바빠지기 시작했다. 강당 신축 공사를 비롯해서 건물 전체 도색까지 협의할 일이 자꾸 늘어났다. 보수도 없는 회의에 자주 참석해야 했다. 그때마다 운영위원장이라는 직함에 충실하기 위해서도 협의안건에 대해서 꼼꼼히 챙겨야 했으나 내 성격이 원래 덜렁거리다보니 찬찬한 것과는 거리가 멀었다.

핸드폰이 요란하게 울려 받아보니 낯선 번호였다. 받지 않기도 그렇고 해서 받아보니 전에 지갑 찾아준 그 여자였다.

"언니, 저에요. 오늘 저녁 약속 없으면 저녁이나 같이 했으면 해요. 제가 맛있는 것 사드릴게요"

식당에 도착하니 미리 와서 기다리고 있다가 반갑게 맞으며 호들갑을 떤다.

"그래 어떻게 지냈어요. 바빠서 전화도 못했어요."

"아휴, 언니 그냥 편하게 하세요. 나이도 어린 사람한테."

"그래도 어떻게…."

"언니, 부탁이 있어서 만나자고 했어요."

"무슨? 나한테 그런 힘이 있을까?"

"언니, 소심하긴, 요즘 학교 공사 많이 한다면서요?"

"응 그런가봐, 그런데?"

"언니, 우리 신랑이 도색업자에요. 지난해에는 대전에 있는 큰 공사를 따서 잘 했는데 올 해는 통 일을 못했어요."

"공사 발주는 학교에서 하는 데…."

"알아요. 하지만 언니가 운영위원장이니까 그만한 힘은 발휘할 수 있잖아요?"

"그런 부탁 해보지도 않았고 어떻게 하는지도 몰라요."

"하여간 언니 소심한 건 알아줘야 해, 교장한테 한마디만 하면 될텐데 뭘 그래요?"

"아니야, 지금이 어느 시대인데 그런 게 통해?"

"아휴, 언니 그러지 말고 한번만 도와줘요"

"어려운 사정이야 이해가 되는 데 그런 부탁을 해보지 않아서….."

"언니 부탁해요. 공사 잘 되면 그냥 있지 않을게요."

지난번 지갑 찾아준 부담 때문에 거절하기가 난감했다. 그렇다고 청을 들어주기에는 많은 무리가 따르는 것 같았다. 지금껏 살아오면서 남에게 신세 진 일은 부지기수이지만 부당하게 신세 진 기억은 없다. 더구나 청탁이라니….

남편 얼굴이 떠올랐다. 말단 공무원이지만 성실하게 살아온, 그의 사전에 청탁이란 말은 없다. 언젠가 그이의 승진 문제를 선배 언니한테 알아본다고 했을 때 불같이 화를 내던 사람이다. 결국 사무관을 달지 못하고 얼마 남지 않은 퇴직을 기다리는 남편이다. 마음 편하게 정년을 맞을 수 있게 하기 위해서도 부당한 청탁은 들어 줄 수 없을 것 같았다.

나는 지갑 찾아준 사람이 잠깐 자리를 비운 틈을 타,

"미안 합니다. 그런 청은 들어줄 수가 없습니다. 대신 뒤늦은 감은 있지만 지갑 찾아준 보답이라 생각하시고 받아주세요"라고 쓴 메모지와 함께 상품권 한 장을 그의 가방에 넣어두고 먼저 자리에서 일어섰다. (2014. 5.)

뛰는 언니 나는 오빠

아직은 꽃처럼 보이는 화사한 얼굴의 여인들이 다가 와 인사한
다. 모두 한결같이 요즘 유행하는 등산복 차림이다. 그것도 제
일 비싸다는 한라산 마크가 선명하다. 제일 앞선 여인이 '공' 씨
라 했던가. 나이가 들어 보이긴 하지만, 그래도 소갈 씨에 비하
면 청춘이다.

"안녕하세요."

"아, 네?"

"우암산 매일 오시나 봐요?"

"이렇게라도 출근을 해야지요. 안 그러면 마누라가 바가지를
긁어서…"

소갈 씨는 마음에 있지도, 사실도 아닌 말을 스스럼없이 내뱉
는 자신에게 다시 놀랐다.

"연세가 들어 보이는데 건강이 좋으시네요. 마침 커피 타 온 게
한잔 남았는데 드릴까요?"

친절하게도 여인은 소갈 씨에게 커피를 타서 내밀었다. 생전 처음 보는 사람, 그것도 여인에게서 얻어 마시는 커피 맛은 남달랐다. 이런저런 이야기 끝에 그 여인들도 우암산에 자주 온다는 것을 알았고 우연인지 필연인지 자주 만나게 되었다. 그때마다 여인들은 커피나 음료수를 대접했고 소갈 씨는 가끔이지만, 점심도 사주곤 했다.

　"지금 오세요. 많이 기다렸는데….."

　"일찍 오셨군요. 미안합니다."

　오늘은 예의 그 호위병(?)이 두 명밖에 따라오지 않았다.

　"공 여사 오늘은 호젓하니 일찌감치 어디 가서 식사나 합시다."

　여자들 앞에서 쩨쩨하게 보일 수 없다는 게 소갈 씨의 지론이다. 삼일 공원 쪽으로 내려와 두리번거리며 식당을 찾는데 공 여사 일행 중 한 사람이 저 집이 괜찮겠다며 한식집으로 안내한다. 속으로는 뜨끔했다. 저 집은 1인당 2만 원이 넘는 집이다. 하지만 어쩌겠는가.

　식당에 자리를 잡고 앉자 공 여사를 따라온 일행 중 한 여자가 말을 꺼낸다.

　"선생님 정말 자상하고 정이 많으시네요. 배포도 크시고요. 그런 선생님을 만난 인연으로 오늘 점심 제가 대접해 드릴게요."

　요즘 심심찮게 노인 불러내 바가지 씌우는 여자들이 있다는 소문이 있지만, 그것도 한물간 자신에게 점심을 사겠다니 기분이 좋아졌다.

상다리가 휘어지게 들어온 점심상, 나긋나긋한 여인들이 권해오는 술잔을 받아드니 더할 나위 없이 행복하다. 이런 날만 계속된다면 누가 늙는 것을 서러워하랴. 기분 좋아진 소갈 씨가 노래방을 쏘겠다고 선언하자 여자들이 박수로 환영한다. 점심값을 내었다면 배춧잎(만 원짜리) 열 장 정도는 나가야 했었겠지만 노래방비야 서너 장이면 충분할 것 같았다.

노래방으로 옮겨온 일행들은 신나게 노래를 불렀다. 여인들도 야하거나 수준 떨어지는 노래가 아니라 소갈 씨가 좋아하는 흘러간 노래를 불렀다. 특히 소갈 씨가 '청춘을 돌려다오'를 부를 때에는 약속이나 한 듯 두 여자가 양옆으로 늘어서서 율동을 하고, 한 여자는 소갈 씨의 등산화를 벗겨 원통해 죽겠다는 듯 땅바닥을 치는 액션까지 해주어서 여간 기분 좋은 게 아니었다.

아쉽지만 이젠 헤어져야 할 시간, 다음을 기약하며 헤어지려는데 점심을 산 여자가 호들갑을 떨어댔다.

"아이고 내 정신 좀 봐, 이거 큰일 났네. 오늘이 막내아들 대학등록금 마감일인데 돈을 안 가지고 나왔네, 이거 어쩌지"

이미 은행 마감 시간인 다섯 시가 가까워져 오고 있었다. 집이 어디인지 몰라도 날아가지 않는 한 도저히 돈을 가져다 낼 시간이 되지 않았다.

발을 동동 구르던 여인을 쳐다보고 있던 공 여사가 소갈 씨에게 다가와서 돈 가지고 있느냐고 묻는다. 산에 오는 사람이 무슨 돈을 가지고 다니겠느냐고 하자 아차 그렇지 하며 한발 물러선다. 여인은 계속 발을 동동 구르고,

"참, 선생님 조금 전 노래방에서 카드로 결제하셨잖아요. 우선 카드로 등록금 내주시면 집에 가서 돈 가져다 드릴게요."

안 된다고 하면 지금껏 좋던 감정이 물거품 되는 것은 물론, 자신을 피도 눈물도 없는 사람으로 볼 게 뻔했다.

"그래요. 그럼 어서 가서 등록금 내시오. 돈은 다음에 줘도 되니 너무 신경 쓰지 마시고…."

소갈 씨가 지갑에서 카드를 꺼내주자 여인들이 우르르 뛰어간다. 다만 공 여사만이 어정쩡한 모습으로 서 있다.

"공 여사는 왜 가지 않고."

그 말이 떨어지기 무섭게 공 여사도 그들 뒤를 따라 자리를 떠났다.

"아 여보세요. 박 소갈 선생님 되시죠. 저는 직지 경찰서 수사과 경사 김 차돌입니다. 선생님 신용카드가 불법 사용될 뻔했습니다. 번거롭지만 저희 서까지 나와 주셔야 하겠습니다."

요즘 전화금융사기가 빈번하다더니 드디어 자신에게도 걸려왔구나 하는 생각이 직감적으로 들었다. 같이 퇴직한 김 부장도 전화금융사기로 큰 손해 본 것을 잘 알고 있는 소갈 씨다. 중학교 졸업하자마자 공단의 대명 기업에 취직해서 청춘을 바친, 흔히 하는 말로 산전수전 다 겪은 소갈 씨, 열심히 일한 보람이 있어 퇴직할 때에는 공장장까지 승진도 했다. 다행히 작은 회사지만 재무구조는 탄탄해서 퇴직금으로 2억 원 정도 받았는데 그것을 어떻게 알았을까. 그 돈이 어떤 돈인데 내가 너희에게 당할 것 같으냐 하는 마음에 코웃음까지 나왔다.

"이보게 젊은이 그러면 자네가 이곳에 와서 조사해가게."

점잖게, 그러나 단호하게 적의 허를 찔렀다고 생각하니 통쾌하기까지 했다. 휴대폰을 접고 나자 이번에는 집 전화가 요란하게 울렸다. 끝자리가 112번으로 되어있는 것을 보니 정말 경찰서 전화라는 생각이 들었다.

"이 여자분들은 영감님이 카드를 주셨다고 했는데 정말입니까?"

수사과 출입문을 열고 들어선 소갈 씨를 맞은 것은 조금 전 자신과 함께 점심 먹고 노래방에서 율동 해주던 그 여인들이었다. 그런데 카드는 또 무슨 말인가. 그제야 정신이 퍼뜩 들었다.

"아, 예 제가 카드 빌려주었습니다."

"그건 사실이군요. 그런데 카드를 어디에 쓴다던가요?"

"아들 등록금 낸다고 해서….."

"이것 봐요. 아주머니, 남의 카드 빌려서 등록금 낸다고 했으면 등록금을 내야지 왜 밍크코트는 사려고 했어요?"

여인들은 고개를 들지 못하고 있다.

"그리고 영감님! 이 여자 분이 정말로 아들 등록금 낼 줄 아셨어요?"

"마감 시간에 쫓겨 허둥대기에 그만."

"그런 순수한 마음으로 카드를 빌려주었다면 쓸 수 있는 카드를 주셨어야지요?"

경찰관은 자신이 조금 전 여인에게 준 카드를 흔들며 다음과 같이 말했다.

"이 카드는요. 영감님이 분실 신고한 카드라고요. 백화점 직원이 카드 긁다가 도난카드라는 것을 알고 우리에게 신고했어요."

그제야 한 여인이 고개를 들고 경멸에 찬 시선으로 소갈 씨를 쳐다본다.

"어쩐지 순순히 카드를 빌려준다 했더니 아주 의도적이었군, 저주받을…."

"조용히 하세요."

경찰관이 윽박지르자 여인이 다시 고개를 파묻는다.

경찰서를 나서는 소갈 씨! 남들은 자신을 퇴직 후 여유 있게 보낸다며 노을처럼 아름답다고 했지만 아닌 것 같았다. 젊은이들에게 지지 않으려고 머리를 쥐어짜는 자신이 너무 추하게 느껴졌다.

(2012. 8.)

박순철 콩트집

소갈 씨

· ·

2014년 11월 20일 인쇄
2014년 11월 20일 발행

|지은이| 박 순 철
|펴낸이| 함 금 태
|펴낸곳| 대한출판
|주 소| 충북 청주시 청원구 북이면 내수로 796-68
|이메일| cjdeahan@hanmail.net

· ·

ISBN 978-89-88521-97-7

※ 잘못된 책은 바꿔 드립니다. **값 12,000원**

※ 이 책은 충청북도 문화예술진흥기금 일부를 지원받아 발간되었습니다.